Tiziana Merani

Mi ami e non lo sai

GIUNTI

Quest'opera è frutto della fantasia dell'autore.
Ogni riferimento a fatti e persone realmente esistiti è puramente casuale.

http://y.giunti.it

Via Bolognese 165 – 50139 Firenze – Italia
Via Borgogna 5 – 20122 Milano – Italia
Prima edizione: giugno 2014

Ristampa	Anno
6 5 4 3 2 1 0	2018 2017 2016 2015 2014

Non hai detto che la verità: per ciò, sei stato ingiusto!
Fëdor Michajlovič Dostoevskij, *L'idiota*

Taluni affermavano che era proprio pazzo,
pur giudicando che, in fondo, questo
non fosse ancora un difetto tanto grave…

Fëdor Michajlovič Dostoevskij,
Memorie da una casa di morti

Serendipity

Sono ancora giovane.

Sì, insomma, abbastanza giovane.

Ho circa vent'anni.

Dico circa perché fra tredici giorni ne compio ventuno.

Ma non mi piace dire che sono arrivato a un traguardo se non l'ho ancora raggiunto.

Non so se mi spiego: se uno non ha compiuto diciotto anni, ad esempio, non può prendere la patente, no?

Il mondo ha delle regole ben precise.

Anche se poi molti divieti sono eludibili.

(Quello per il noleggio di video porno, ad esempio.)

(O quello per l'acquisto di sigarette e alcolici.)

Comunque vent'anni è molto meglio di ventuno.

Perché il massimo, lo sanno tutti, sono i sedici anni.

E più te ne allontani, più la tua vita assomiglia a quella di tuo padre e dei tuoi zii.

E detta tra noi, per quanto io voglia bene al mio vecchiaccio, non ho intenzione di assomigliargli più del minimo imposto dall'imbarazzante legame genetico.

Se non siete convinti vi faccio un elenco delle cose piacevoli che si possono fare a sedici anni:

1. *Guardare tutti i cartoni della tv.*
(Come *South Park* e i *Simpson*.)
(O quelli per bambini molto piccoli, che non vanno assolutamente sottovalutati: contengono un sacco di humour nero, che è poi ciò che ci prepara a storie di diverso spessore.)

2. *Giocare con i guerrieri del Valhalla.*

3. *Fare a botte con gli amici.*

4. *Stuzzicare le ragazze in classe.*
(Che anche se poi ti prendono a righellate sul naso, le perdoni perché nel tafferuglio ci scappa che le "tocchigni" un po' ed è il bello delle zuffe.)
(Per molti sedicenni l'unico modo per "tocchignare" una ragazza è la zuffa scolastica.)

5. *Ricevere bei regali di Natale.*

6. *Fare feste di compleanno.*

7. *Fare partite di pallone.*

Ieri ho compiuto i famosi ventun anni e dopo un'attenta esplorazione dei miei tratti fisionomici, penso di poter affermare che il mio volto è lo stesso dell'altro ieri.

Se non dicessi niente a nessuno sono sicuro che potrei continuare tranquillamente a far credere di averne venti.

Magari persino diciannove.

Ma bisognerebbe che mia madre fosse più collaborativa.

Stamattina è entrata in camera mia con un'energia che mi ha fatto sentire piccolo e colpevole.

(E non è una bella sensazione quando hai già le gambe pelose e pesi ottanta chili.)

Ha spalancato la finestra e mi ha esortato ad alzarmi a botte di "fannullone" e "buono a nulla". Poi ha sbraitato sulla mia età e sul fatto che era ora che andassi a cercarmi un lavoro "serio".

Credo che i vicini del mio caseggiato, quelli del caseggiato di fronte e probabilmente anche i nomadi accampati a un chilometro da casa mia ormai sappiano quanti anni ho.

Comunque, mentre mi studiavo allo specchio, non ho potuto fare a meno di compiacermi della fronte alta (sinonimo di intelligenza), dello sguardo vivace e del sorriso irresistibile (che nell'insieme fanno di me un giovane di bell'aspetto e di ottime prospettive).

– Potrei fare l'attore – ho detto aggrottando la fronte per dare al mio volto un'espressione pensosa.

Mia madre, che stava sprimacciando il mio cuscino

con furia, quasi volesse punirlo per qualche malefatta, mi ha sentito e si è voltata a guardarmi con il tipico sguardo delle madri che osservano i loro figli primogeniti.

Mi ama molto, lo so.

Ma poiché non vuole che cresca viziato e inetto, mi ha risposto con tono imperioso di rimettere in ordine la stanza *che stava per arrivare il prete a benedire la casa.*

Qualcuno prima o poi mi spiegherà come mai in casa mia nessuno va mai in chiesa, ma il giorno della benedizione accogliamo il rituale con atteggiamento devoto.

Elargiamo persino una piccola somma, infilando il denaro in un sacchetto di velluto rosso.

Sino a un paio d'anni fa il prete ci consegnava una busta bianca ed era molto meno imbarazzante.

Poi uno dei parrocchiani ha avuto l'idea di mettere nella busta un ritaglio di giornale con la foto di una donna nuda e da quella volta siamo tornati al sacchetto.

Che è più fastidioso perché per tentare di nascondere l'esiguità dell'offerta, avvicini la mano a pugno chiuso con manovre poco spontanee e molto rivelatrici.

(Riguardo alla foto della donna nuda, ho sempre avuto il sospetto che a metterla sia stato mio nonno.)

(Quando gliel'ho chiesto lui non ha negato.)

(Si è alzato, mollando con indifferenza un grosso peto, ed è uscito in giardino a chiamare il cane.)

Ho poi scoperto che il prete sarebbe arrivato alle tre del pomeriggio.

Cioè ben quattro ore dopo la mia levataccia.

Tipico delle madri metterti ansia e poi rivelarti, quando sei pronto, che hai ancora tre ore a disposizione.

Visto che era presto, che avevo già fatto la doccia e che avevo finito i biscotti, ho deciso di uscire per andare all'edicola.

– Vado a prendere il giornale, così guardo gli annunci di lavoro – ho urlato a mia madre.

La seconda parte era una bugia solo in parte: guardarli non mi costava niente.

Inoltre la falsa promessa avrebbe tirato un po' su il morale di mia madre.

Quindi ho pescato una manciata di euro dal barattolo di vetro che c'è nell'ingresso e sono uscito.

È piuttosto umiliante che io giri sempre con denaro in moneta.

Ma sono due mesi che non lavoro e sono un po' al verde.

Comunque quando ero all'edicola è successo un fatto strano.

Mi ha chiamato al cellulare un certo Arrigo, un ragazzo che un tempo viveva vicino a noi, ma che da qualche anno si è trasferito a Milano.

Ha solo un anno più di me, ma ne ha sempre dimostrati trentacinque.

Dev'essere per come si veste.

Quando abitava qui uscivamo abbastanza spesso insieme.

(Un'amicizia basata più che altro sul fatto che eravamo vicini di casa e lui mi dava passaggi con lo scooter.)

Ricordo che poco prima che si trasferissero a Milano, un giorno ero andato a casa sua per vedere come mai era sparito dalla circolazione.

Era solo in casa e mi aveva fatto entrare.

Sul tavolo della cucina c'erano decine di vasetti di vetro, vuoti.

All'inizio, guardandolo, avevo pensato che fosse malato, ma poi avevo capito che era ciucco perso.

E ogni volta che alitava dovevo voltare la testa per non sboccare.

Arrigo aveva iniziato a raccontarmi un po' confusamente i suoi casini familiari.

In pratica aveva scoperto che suo padre – ufficialmente piccolo editore di settimanali – pubblicava riviste porno.

La cosa sembrava averlo sconvolto, perché a un tratto aveva persino iniziato a piangere, facendomi sentire in colpa per averlo invidiato.

A me sinceramente era sembrata una bella fortuna.

Sapete quanto costano quelle riviste?

Poteva averle in anteprima dal padre e magari farsi regalare le foto venute male…

Poi Arrigo aveva vomitato nel lavello della cucina e in quel momento avevo notato che sul piano d'acciaio c'erano almeno due chili di ciliegie.

Si era ubriacato con l'alcol della frutta sotto spirito!

Non è pazzesco?

Passata la sbronza doveva essersi pentito di aver mostrato i panni sporchi di casa, perché dopo qualche giorno era venuto a salutarmi, dicendo che lui e i suoi si trasferivano, e con finta indifferenza mi aveva chiesto di cosa avevamo parlato quando ero andato a casa sua.

Io avevo capito benissimo che era sulle spine e lo avevo tranquillizzato iniziando a elencare argomenti di nessuna importanza.

Comunque per due anni non si fa vivo e di punto in bianco stamattina mi chiama e mi fa una strana proposta.

Lì per lì ho pensato a uno scherzo e volevo riattaccare, ma lui ha giurato su sua madre che era serio.

– Mi sono ricordato di te – ha detto. – A scuola sparavi un sacco di cazzate…

Se era un complimento, non era espresso nel modo giusto.

– Ma perché? – ho chiesto ancora un po' diffidente. – Cercate uno che spari cazzate?

– Ma no, voglio dire che parlavi molto, avevi delle idee… E gli altri ti stavano a sentire, no? Ti ricordi quella volta che abbiamo scioperato tutti perché avevi fotografato col cellulare le mosche sul tavolo della mensa?

– Già – ho risposto.

Più che altro ricordavo la convocazione dei miei genitori da parte della preside.

– Non sono più lo stesso – ho detto.

E l'ho detto con un nodo in gola perché di colpo mi sono sentito defraudato di una parte importante di me.

Una parte a cui tenevo.

L'audacia dell'inconsapevole.

La spavalderia tipica del sedicenne che si sente potente come Odino, solo perché il suo labbro superiore da qualche tempo esige una rasatura pressoché quotidiana.

Era un mio diritto avere sedici anni, visto che avevo aspettato un sacco per averli e se avevo faticato tanto per costruire quello che ero, no?

Ora invece cos'ero?

Un vecchio.

Aveva ragione Leopardi.

O natura, o natura... quella roba lì, insomma.

– Pensaci su, okay? – ha detto Arrigo. – Tanto se non sarai tu, sarà qualcun altro. C'è un vuoto editoriale in quel campo e noi abbiamo intenzione di riempirlo...

Il campo a cui allude è quello dei libri scritti da giovanissimi.

Pare che sia il nuovo *trend* degli editori.

E ora tenetevi forte.

Da me vorrebbero una sorta di *vademecum del seduttore*!!!

Sì, sì, suona ridicolo persino alle mie orecchie.

A sedici anni ero sempre circondato da un sacco di ragazze e si deve essere fatto l'idea che io sia uno che becca un casino.

Una specie di macchina del sesso.

Che potrebbe essere vero, se riuscissi a mettere in pratica tutta la teoria di cui dispongo.

Probabilmente Arrigo non ha mai scoperto che regalavo alle ragazze i campioni di profumi e creme di cui facevo man bassa nel negozio di mia zia.

Poi mia zia ha venduto il negozio e le amicizie si sono ridotte.

Stavo già per declinare l'offerta, quando lui ha aggiunto:

– A proposito... al contratto avrai un anticipo di duemila euro.

A quella notizia ho deglutito e cercando di non tradire cupidigia ho chiesto:

– Cosa intendi per anticipo? Cioè, ecco, quando avrei questo... sì, insomma questo anticipo?

– Alla firma, no?

– Magari ci sto...

– Grande! Quando puoi venire a Milano?

– Oggi pomeriggio?

– No, oggi non posso, ho un impegno – ha detto. – Ci vediamo domani alle sei... Ti va bene come orario? Tanto vieni in macchina, no?

– Alle sei di mattina?

Lui si è messo a ridere e io pure – fingendo di aver fatto una battuta.

Poi mi ha dato l'indirizzo, che ho scritto sul palmo della mano, e ci siamo salutati come due grandi amici.

Cazzo!

Si era ricordato di me!

Il prete ha suonato il campanello di casa nostra alle tre in punto.

Io ero sul divano che guardavo Shakira che si dimenava su MTV, quando lui e mia madre sono entrati in soggiorno.

La genitrice mi ha lanciato un'occhiata che conteneva una frase di almeno cinquanta parole: *spegni la tele, saluta, alzati in piedi, cerca di farmi fare bella figura per una volta*, eccetera…

– Buongiorno, carissimo – ha detto il prete, stringendomi la mano. – Cosa fai? Studi?

A quella domanda il viso di mia madre è rimpicciolito e ha perso colore.

Succede ogni volta.

Il sogno della sua vita non si è realizzato.

Il suo amato figlio ha scelto strade diverse, strade difficili, che si discostano da quelle della maggioranza dei suoi coetanei.

Eppur non per questo meno lodevoli…

Le parole mi risuonano nella testa in tutta la loro magnificenza e così ho risposto:

– No, ho scelto… ecco… strade diverse.

Detta così suonava più come il titolo di un CD. Ma il prete mi ha preso molto sul serio e ha chiesto:

– Oh! E quali, ragazzo mio, quali?

– Ho intenzione di diventare scrittore.

A quelle parole mia madre si è voltata a guardarmi con la stessa espressione che aveva stamattina, quando le accennavo alla possibilità di diventare attore.

Non ha fede in me, la nutrice.

– E cosa scrivi di bello? – ha chiesto il prete avvicinandosi ai fogli sparsi sul tavolino, vicino al telecomando.

Prima che potessi bloccarlo, ha sollevato un foglio e ha letto a voce alta l'unica frase che ero riuscito a buttare giù:

– Tecniche di sezione…

Poi si è voltato a guardarmi e ha annuito.

– Bravo, ragazzo. Deve essere una materia complessa… Noi a scuola facevamo latino e greco, che erano difficili. Ma quello che mi dava più pena era proprio la geometria. Queste sezioni…

Mia madre si è persa.

Mi ha fissato come se non fossi stato io.

Come se avessero preso il vecchio "me" e lo avessero sostituito con un sosia migliore, uno in gamba.

Vederla contenta di avere un figlio nuovo, tutto dedito alla geometria, e così priva di rimpianto per il vero me stesso, mi ha rattristato molto.

Comunque il prete deve avere seri problemi di vista, perché la parola ovviamente non era *sezione*, ma *seduzione*.

Mi ha messo in mano un opuscoletto intitolato *Il volto di Gesù* e ha detto:

– Recitiamo insieme il *Padre nostro*.

Siccome non me lo ricordavo, ho iniziato a muovere le labbra silenziosamente, scandendo a voce alta solo le parole che riuscivo a intuire.

Più tardi ho cercato la preghiera su Internet e ho fatto copia/incolla per farvi capire cosa intendo.

Le parti in neretto sono quelle che sono riuscito a pronunciare:

Padre nostro che sei nei **cieli**
sia santificato il tuo **nome**
venga il tuo **regno**
sia fatta la **tua volontà**
come in cielo così in **terra**.
Dacci oggi il nostro **pane quotidiano**
e rimetti a noi i nostri d**ebiti**
come noi li rimettiamo ai nostri de**bitori**
e non ci indurre in tenta**zione**
ma liberaci dal **male**.

Amen.

Quando il prete se n'è andato, mia madre non mi ha fatto domande.

Vuole tenersi stretta più che può l'illusione che suo figlio sia un ragazzo in gamba.

Scettica.

Scettica donna!

Le farò vedere di cosa sono capace.

Ma rimaneva un minuscolo dubbio nel mio cervello di neo ventunenne che volevo chiarire, quindi sono andato a cercarla.

– Mamma…

– Cosa?

– Tu vorresti che io fossi un sosia di me stesso? Tipo più studioso, più laborioso… insomma, tipo un figlio modello? O preferisci il tuo vero figlio, me, pur con piccoli difetti, ma con la mia simpatia, la mia umanità e la mia intelligenza?

– Perché? – ha chiesto. – Ho la possibilità di scegliere?

– No, dicevo così per sapere.

– Sceglierei te, Paolo – ha detto.

Ma con un tono piatto che mi ha spinto a insistere.

– Perché, sai… a volte mi chiedo se tu sia felice di essere mia madre…

A quelle parole finalmente mia madre ha sorriso.

– Ma sì che sono felice – ha detto. – Sono solo preoccupata perchè ho l'impressione che tu prenda la vita sottogamba…

– Ti sbagli – ho risposto. – Tanto per cominciare domani vado a Milano per un colloquio di lavoro.

– Davvero?

Il modo in cui si è illuminata mi ha allarmato un casino.

Così mi sono affrettato ad aggiungere:

– Sì, ma per scaramanzia preferisco non dire di che si tratta.

– Okay, okay – ha risposto la mamma. – Papà lo sa?

– No, per ora non voglio parlarne a nessuno…

Quando rientro, a notte fonda, mio padre è ancora sul divano davanti alla TV.

Russa sonoramente, ma sentendomi arrivare si riprende e finge di essere interessato a una televendita di pentole e padelle.

– Cosa fai ancora in piedi, pa'? – chiedo, avvertendo un leggero senso di fastidio.

Di giorno la casa ha degli spazi delimitati, ma di notte io ne sono il sovrano.

Il divano mi spetta per diritto acquisito e mi aggiro impugnando il telecomando come uno scettro.

– Ora vado a letto – dice alzandosi. – La mamma mi ha detto che c'è un lavoro in vista...

– Be', per ora preferirei non parlarne...

– Va bene...

Poi quando è già sulla porta, si gira e dice:

– Comunque, se vuoi una delle mie cravatte...

– Che?

– Una cravatta.

Una cravatta?

A parte il fatto che non saprei come annodarla.

Ma poi quando mai ho indossato una cravatta?

Restiamo a guardarci in silenzio per qualche secondo.

– Buona notte – dice finalmente.

– Notte, pa'.

Alle due e venti ho il treno per Milano.

A pranzo mia madre aveva preparato pasta al pesto e peperonata.

Di solito mi lancio sulla pasta al pesto come potrebbe lanciarsi sulla sua puledra uno stallone che torna dal ritiro spirituale.

Ma oggi mi limito a una mela.

Non voglio arrivare nella capitale della moda con il fiato di un labrador malato di colite.

Così sul treno il mio stomaco emette strani borbottii e a un certo punto la ragazza seduta davanti a me alza gli occhi e mi guarda divertita.

– Sto facendo le prove per uno dei miei spettacoli da ventriloquo – dico, facendole uno dei miei sorrisi da esperto di tecniche di seduzione.

– Davvero?

– No, scherzavo… è che non ho ancora pranzato…

– Vuoi una caramella? – chiede.

Visto?

Il mio sorriso e la mia simpatia sono irresistibili.

La preda già mi offre dolciumi.

– Grazie – dico. E mi caccio in bocca due capsule verdastre, grosse come mandorle.

Cazzo!

Con cosa mi sta avvelenando la pendolare folle?

– Sono un po' forti – dice.

E non mi poteva avvisare prima?

Non poteva dire che erano petardi alla menta?

Annuisco con la bocca aperta.

Al momento non riesco a parlare.

– Vuoi sputarle? – chiede dispiaciuta, porgendomi un fazzolettino di carta.

Scuoto il capo e ingoio parte della poltiglia.

A volte bisogna soffrire un pochino, per preparare il campo.

(Non potrebbe essere il titolo del primo capitolo?)

Nel frattempo lei prende la borsetta e mi saluta.

Sta per scendere e io non le ho nemmeno carpito il numero di cellulare.

–...hosa disgi? – riesco a bofonchiare con la bocca mezza piena. – Posciamo vedersgi per bere qualgosgia?

– Non credo che sia una buona idea – risponde, sorridendomi.

Poi si dilegua.

Io sputo nel fazzoletto i frammenti di caramella, tiro giù il finestrino e la chiamo:

– Ehi, aspetta...

Ma lei non è più sola.

In stazione c'è un tizio grosso, con la testa lucida come una palla da biliardo e una maglietta nera aderentissima sui pettorali enormi. E ora i due camminano affiancati.

Tipo coppia.

In fretta ritiro la testa dentro lo scompartimento e mi rimetto a sedere.

Ecco perché non mi ha dato il suo numero.

Ha pensato che ci potesse essere conflitto tra me e Hulk Hogan e voleva proteggermi.

Mi ama già.

Mezz'ora dopo ho una fame belluina e mi succede una cosa stranissima: se chiudo gli occhi vedo foto di ricette.

Che sia un segnale del fatto che forse dovrei lavorare nel campo della ristorazione?

In realtà metà degli spasmi che sento alle budella sono dovuti al fatto che sono in ansia.

E se alla casa editrice mi facessero fare un test?

Magari uno di quelli in cui chiedono il significato delle parole…

Se mi chiedessero cosa significa *serendipity*?

Un po' di tempo fa ho cercato la definizione sul dizionario ma mi è parsa insensata.

Forse la parola non ha motivo di esistere.

Comunque il significato non me lo ricordo.

Provo a dormire, ma la parola "serendipity" mi torna alla mente in modo quasi ossessivo.

Per distrarmi prendo *La settimana enigmistica.*

Sono anni che non faccio un cruciverba, ma confido nella mia mente guizzante e vado subito a cercare quelli difficili.

Dopo quattro minuti che fisso lo schema vuoto con la matita sollevata a mezz'asta, riesco ad ammettere con me stesso che non conosco nessuna risposta.

Ma siccome non voglio farlo capire ai miei compagni di viaggio, inizio a scrivere risposte a caso.

La mia vicina, una signora robusta di mezz'età, allunga il collo verso la pagina e dice:

– La uno orizzontale è "Anchise" È lui il padre di Enea…

– Ah! – dico, ritraendomi un pochino. – Quell'Enea lì… giusto, giusto… ci sta…

Poi mi rimetto a pensare, tenendo la pagina leggermente inclinata, in modo che lei non riesca a leggere.

Ma subito dopo penso che forse questa donna dall'atteggiamento enciclopedico potrebbe essere la mia salvatrice, quindi abbasso bene lo schema e dico.

– Ci sono volte che le cose più banali non ti vengono in mente. L'altro giorno, ad esempio, pensavo a una parola facile come *serendipity* e non me ne ricordavo il significato…

– Capita – commenta, sorridendo bonaria. – Magari sei un po' sotto stress?

Annuisco serio.

– Sì, molto… sto scrivendo un libro e ho dei termini da rispettare…

– Sei così giovane e già scrivi libri! – esclama compiaciuta. – Complimenti!

Sorrido.

Poi provo a giocare d'azzardo.

– Lei naturalmente sa cosa significa *serendipity*…

– Sì, certo – dice.

Ma non spiega cosa e io non oso chiederglielo.

Quando scende dal treno, prendo il cellulare dalla tasca e telefono a casa.

Mia madre risponde quasi immediatamente.

– Mamma, puoi farmi un favore? – bisbiglio.

– Cosa?

– Mi cerchi una parola sul dizionario?

– Che parola?

– *Serendipity*...

– Non ho bisogno del dizionario, significa che scopri una cosa inaspettata mentre ne stai cercando un'altra. Ma la cosa che trovi è più importante di quella che cercavi inizialmente.

– Come se io andassi a cercare la *Gazzetta dello sport* e trovassi un lavoro da scrittore?

– Proprio così.

– Grazie, mamma.

– Figurati... Senti, il lavoro di cui mi hai parlato non sarà mica lo scrittore?

– Eh? Sto entrando in galleria... non ti sento – dico. E intanto alzo un po' la voce per dare credibilità.

L'anziano signore seduto poco distante da me, abbassa il giornale e mi guarda senza dire nulla.

Ma il suo sguardo ha comunque un significato: *ecco un bugiardo della peggiore specie, uno che mente alla propria madre.*

Perché in questo preciso istante stiamo correndo in mezzo alla campagna e non c'è traccia di nessuna galleria all'orizzonte.

– Ho finito il credito, ma non volevo dirglielo – mi giustifico. – ...non volevo che si preoccupasse...

– Ah!

Sto veramente diventando un bugiardo?

Non è possibile, io sono un ragazzo onesto.

Okay, da questo momento niente bugie per pararmi il culo.

Promesso.

La vita si affronta a viso aperto.

Sono impressionato.

Arrigo ha solo un anno più di me e guida una Saab Sporthatch 93 con sedili in pelle, vetri oscurati e un impianto satellitare che sembra quello di Batman.

Quando gli ho detto che arrivavo in treno si è offerto di venirmi a prendere alla stazione centrale.

Ci siamo stretti la mano da amiconi, ma lui ha passato in rassegna il mio abbigliamento con un disinvolto disprezzo mentre io annotavo malignamente che in questi anni lui si è appesantito come un cinghiale.

Bene.

Situazione di parità.

Invece di andare in ufficio, che è fuori città, ci sediamo in uno di quei bar che vanno di moda adesso, col disk jockey che mixa musica house sulla consolle portatile, le luci basse e un sacco di candele bianche ovunque.

Il mio stomaco è ormai una voragine e io inizio a spazzolarmi gli stuzzichini al formaggio e alle olive al ritmo di uno ogni sei secondi.

Lo so perché mi sono cronometrato:

- un secondo per allungare la mano;
- tre movimenti rapidi della mascella;
- altri due secondi per ingoiare.

Poi daccapo.

– Cosa stai facendo adesso? – chiede Arrigo, mentre tenta senza troppo successo di accalappiarsi la sua parte di tartine. – Vai all'università?

Domanda infida.

Quale sarà la risposta giusta?

Ho promesso.

Niente più bugie…

Quindi faccio no con la testa, perché la bocca è piena di pane, formaggio e olive.

Arrigo sembra felice.

– Neanche io mi sono iscritto. I grandi scrittori… be', non è che tutti abbiano la laurea, no?

– Umberto Eco? – butto lì, pulendomi la bocca con un tovagliolino.

– Okay, ma parliamo dei grandi scrittori d'avventura. Che so? Mark Twain?

E inizia a sproloquiare di nomi che non ho mai sentito nominare.

Magari sono davvero famosi.

Boh.

A me sembra che stia inventando...

Comunque non riesco a concentrarmi su quello che dice perché il posto è pieno di belle ragazze e il mio sguardo continua a spostarsi da una scollatura all'altra.

La voce di Arrigo mi arriva da un luogo lontano.

Un luogo di cui non mi frega un fico.

Come il deserto del Gobi.

O la Transilvania.

A un tratto riesco ad afferrare un "capito?" che riporta velocemente le mie pupille sulla sua faccia arrossata. E in quell'attimo realizzo che non è accaldato. No, è l'effetto delle docce solari sulla sua pelle lattiginosa.

Mi guarda e aspetta una risposta.

– Già – dico.

Che è una parolina piccola, ma ha un alto potenziale e funziona sempre.

Poi penso che il mio contributo alla conversazione sino a questo momento è stato un po' misero e così, non so per quale ragione, mi viene da dire:

– *Serendipity*.

Arrigo mi guarda perplesso.

Mi prenderei a schiaffi.

– Hai visto il film? – chiede Arrigo.

Io annuisco criptico.

– Che cazzo avrà voluto dire? – domanda lui, facendo una smorfia.

– Qualcosa come chi cerca, trova...

– Be', mi pare un concetto assimilabile già a due anni. Non ci avrei fatto un film.

– Neanch'io – dico.

Di botto sono galvanizzato dalla prospettiva di parlare di cinema, uno dei miei argomenti preferiti.

– Tu su cosa lo faresti un film? – chiedo. – Se fossi un regista, voglio dire...

Si morde il labbro e tace assorto in quella che io immagino una profonda riflessione esistenziale.

Ma poi disinvoltamente, come un cane che fa la sua pisciatina all'angolo di un palazzo, risponde: – La gnocca, direi. Tira sempre, no?

Forse nel ruolo dello scrittore che presto scriverà di seduzione, quella cosa avrei dovuto dirla io.

Ma per quanto le ragazze siano ai primissimi posti nella classifica delle cose che amo, la sua risposta mi sembra triste e stupida.

– Cioè, – insisto, – se tu avessi l'occasione della tua vita e potessi fare un film su un argomento da tramandare ai posteri, faresti un film commerciale "culi e tette"?

– Penso di sì – dice. – Il cinema non mi interessa particolarmente... lo vedo solo come un veicolo con cui si potrebbero fare un bel mucchio di soldi.

Il cinema non gli interessa particolarmente.

Il primo impulso sarebbe quello di alzarmi e dire che la cosa non può funzionare.

Che non abbiamo punti di vista e passioni comuni.

Ma per fortuna mi rendo conto subito dopo che suonerebbe un po' come la frase da dire a una fidanzata, quindi mi trattengo.

– E tu, invece, su cosa lo faresti un film? – chiede Arrigo, passandosi l'unghia del pollice tra gli incisivi, per rimuovere un pezzetto di oliva.

La mia mente proietta decine e decine di immagini.

Ho un'intera collezione di titoli archiviata in un virtuale ordine alfabetico.

– Non saprei – dico.

Non mi va di parlare dei film che farei a un tipo che non ama il cinema.

Poi butto lì:

– Sui lemmings, forse.

– I lemmings?

– Sì, sai quell'ipotesi che compirebbero suicidio di massa durante le migrazioni?

Arrigo fa segno di no con la testa e beve un sorso del suo analcolico alla fragola.

Mi fissa curioso.

– Nel XV secolo o giù di lì la gente pensava che i lemmings fossero una specie che si generava spontaneamente, a seconda delle condizioni atmosferiche – proseguo, con l'aria di un esperto.

In realtà l'ho appena letto in treno sulla *Settimana enigmistica*.

– Ma va'! – dice, impressionato.

Naturalmente non ho mai pensato di fare un film sui lemmings, ma forse un cartone animato ci potrebbe stare.

Il titolo prende forma a caratteri cubitali nella mia mente:

UN LEMMING DI NOME ARRIGO...

I bambini ci impazzirebbero.

– Ti piacciono gli animali? – mi chiede.

Mi piacciono?

Muoio dalla voglia di schiacciare un pisolino nella tana di un grizzly?

Il mio desiderio più grande è cavalcare uno squalo?

– Non particolarmente – rispondo cauto. – Diciamo che finché loro rispettano i miei spazi, io rispetto i loro. Un po' come con le persone, loro non entrano nel mio cerchio vitale e io mi tengo ad altrettanta distanza.

– Ehi, hai mai fatto yoga? – chiede lui.

– No.

– Io ho iniziato la settimana scorsa. Uno sballo, amico. Un posto fighissimo, dove bruciavano della roba che sa di patchouli...

– Sarà stato incenso.

– Dici?

– È probabile...

– Be', comunque l'insegnante è una figa stratosferica. Si mette in certe posizioni con le gambe che mi fan pensare al Kamasutra. Alla fine dell'ora ero eccitato come un toro.

– Non credo che sia normale – dico un po' rattristato

da quella conversazione banale. – Credo che la seduta di Yoga ti dovrebbe rilassare.

– Può darsi. Veniamo a noi… ti ho portato il contratto. Se vuoi, puoi leggerlo con calma, a casa, e poi me lo rimandi firmato per posta…

– Ma no, dài! Firmo subito – dico. – Mi fido.

– Non vorrei insistere e ti ringrazio per la fiducia, ma sarebbe meglio che prima di firmare ci dessi un'occhiata.

Non voglio darci un'occhiata.

E se loro ci ripensano?

E poi prima consegno, prima pagano.

Mi sento un po' un verme, perché dovrò scrivere idiozie.

Ma ho bisogno di soldi, sto cercando un lavoro e al momento questo è il lavoro che ho trovato.

Inutile torturarsi.

Così quando lui si alza per andare in bagno, io inizio a leggere ogni punto del contratto alla velocità di Superman e vista l'innocuità delle clausole, firmo a razzo.

Quando Arrigo torna, gli restituisco la sua copia firmata e tengo per me la mia.

– Fatto – dico.

– Bene – dice lui, stringendomi la mano. Poi va alla cassa per pagare e io, un po' ipocritamente, lo seguo col portafoglio in mano.

Ho un sacco di monete da due euro in tasca e un biglietto da venti nel portafoglio.

Spero che mi bastino.

– Ci mancherebbe – dice lui, spingendomi via.

E questa cosa me lo rende di colpo più simpatico.

Sia chiaro, non potrà mai essere simpaticissimo.

Soprattutto se non si ravvede sul cinema.

Ma ha qualche lato buono.

E forse se è così loffio non è nemmeno colpa sua.

Forse è cresciuto in una casa dove gli propinavano solo film di bassa levatura.

Magari lo aiuto a farsi una cultura cinematografica, penso magnanimo.

Ed ecco che di colpo capisco come potrò nobilitare il lavoro che mi appresto a fare.

Ogni capitolo del libro sarà ispirato a un film!

A quest'idea mi sento eccitatissimo e ho voglia di iniziare subito a scrivere.

– A che ora hai il treno per tornare? – dice Arrigo, lanciando un'occhiata al suo Rolex in oro giallo con quadrante blu, che presumo essere autentico.

Di riflesso anche io guardo l'ora nel mio Casio da prima comunione.

– Se mi sbrigo, forse riesco a prendere quello delle otto e venti.

Davanti alla stazione ci salutiamo e Arrigo mi spiega che l'editor, che poi è suo zio, vuole vedere i primi tre capitoli al più presto.

– Dacci dentro! – dice. E tira un paio di pugni in aria con un ritmo lento e poco convincente.

– Contaci! – dico io, e, adeguandomi a quel linguaggio

dei segni, che peraltro non mi appartiene, alzo il pollice e strizzo l'occhio.

Poi vado a fare il biglietto.

Di seconda classe.

Il treno è pieno da fare schifo.

In corridoio c'è un seggiolino vuoto e sto per appropriarmene quando mi accorgo che sulla tela che ricopre il sedile qualcuno ha disegnato un grosso e osceno pezzo di corpo maschile.

Non mi va di sedermi lì sopra.

Così torno alla mia postazione in piedi vicino al finestrino.

Che è bloccato naturalmente.

Ma sono contento.

Quest'idea del manuale filmo-seduttivo mi ha dato una certa carica.

Anche se ancora non capisco come mai Arrigo si sia ricordato di me dopo tre anni...

Cazzo!

Ma certo!

Di colpo capisco.

Mi offre il lavoro per una sorta di riscatto.

Vuole dimostrare che qualunque cosa abbia detto tre anni fa, era frutto della ciucca alla grappa fruttata!

O comunque che oggi le cose sono diverse, che suo padre ha una casa editrice seria, eccetera, eccetera.

Chi se ne frega.

Tutti abbiamo la nostra occasione nella vita.

Questa è la mia e non le volterò le spalle.

Quando sono quasi arrivato a casa la vedo dal finestrino.

E, non ci posso credere, sta per salire proprio sulla carrozza in cui sono io.

Il treno riparte lentamente e la testa lucida del tipo che la saluta si allontana e rimpicciolisce fino a diventare un pallino invisibile nell'oscurità della sera.

Merito del *Padre nostro* che ho recitato ieri o della serendipità che mi ha trascinato nei suoi tortuosi meccanismi?

Casablanca

Profilo del seduttore *UOMO-DURO-E-SPREZZANTE*

Uomo cinico e sicuro di sé.
Un duro che sotto l'apparente corazza di ferro, nasconde un cuore pulsante e generoso.
Musica: jazz
Stile: eleganza sobria
Film: polizieschi
Libri: thriller
Auto: Audi TT coupé (che ce l'abbia o che la sogni...)
Caratteristiche: l'uomo "Casablanca" parla pochissimo; al dialogo preferisce movimenti dei muscoli facciali; ogni movimento corrisponde a un preciso ordine, richiamo, stato d'animo ecc.

Chi non ha visto *Casablanca* almeno una volta? Un sacco di gente della mia generazione, credo. La prima volta che l'ho visto ero ancora piccolo e ci ho capito pochissimo.

Comunque so che quando è uscito, nel 1942, ebbe un successo strepitoso e che il suo protagonista, un certo Humphrey Bogart, ai suoi tempi veniva considerato un tenebroso irresistibile...

Ma una cosa alla volta.

Avete presente la tipa delle caramelle scoppiettanti?

Come dicevo l'ho beccata di nuovo sul treno al ritorno da Milano.

Ci siamo messi a parlare e abbiamo scoperto che abitiamo a due isolati di distanza.

Resoconto:

– Non può essere un caso – le dico, mentre scendiamo dal treno.

– Cosa vuoi dire? Non capisco? – chiede.

Ma secondo me capiva benissimo, perché mi sorrideva sbattendo un po' le ciglia, che è una di quelle cose che fanno le donne per ipnotizzarci.

– Be', abitiamo vicini e non ci siamo mai incrociati – dico. – Poi un giorno ci becchiamo per ben due volte sul treno. E, pensaci un po', la prima volta tu fai come certe principesse delle fiabe con i loro aspiranti principi, mi metti alla prova...

– In che senso?

– Non hai mostri da farmi infilzare, ma mi dai certe caramelle alla menta che mi fanno sputare fuoco dalle fauci come un drago. E io sopravvivo alla prova! Quindi sono okay, no?

– Tu sei fuori – dice, ma intanto ride di gusto.

Poi scuote la testa, come se ci avesse ripensato e puntualizza:

– Ho un tipo…

– Ma chi? Hulk Hogan? – chiedo.

– L'hai visto?

Sembra stupita.

Faccio l'indifferente.

– Quando sei scesa ti ho vista passare insieme a uno che aveva un cranio spaziale, tipo boeing…

– Si chiama Alex, ha una palestra di body building…

– E ora è lì dentro…

– Già.

– Per questo di venerdì sera te ne torni a casa alle dieci?

– Be'… a volte ci vediamo dopo.

– A volte?

– La palestra chiude a mezzanotte. Se non è stanco e il giorno dopo non ha gare, usciamo…

– Non ti secca startene in casa quando potresti essere a divertirti? In fondo il culturista è lui, no?

Non voglio fare lo stronzo, ma conosco gli uomini e ci scommetterei che quello la sera non ci va a casa a dormire.

– Be', sì. A volte vorrei proprio che non fosse tanto impallato con la palestra…

– Ti faccio una proposta…

– Sentiamo.

– Devo scrivere una cosa sul cinema e la seduzione…

– Sul cinema? Io adoro il cinema! Sai che di secondo nome mi chiamo Barbra, senza la seconda 'a', in onore della Streisand? Mia madre dice che mi ha concepita dopo aver visto *Com'eravamo*… scusa ti ho interrotto… dimmi della proposta.

– Ecco, non ho ancora le idee chiarissime, ma pensavo di associare un film a ogni capitolo del libro. Noi usciamo insieme una decina di volte e io mi proporrò a te ogni volta in modo diverso. Una sera posso essere Humphrey Bogart e la sera dopo Zeta la Formica. Tu mi dai le tue impressioni e intanto magari t'innamori di me…

L'ultima frase la dico ridendo, per alleggerire l'atmosfera, ma sono teso come la corda di un banjo.

– Mi piace – dice. – Trovo che l'idea del libro sia carinissima…

– Sì, anche a me sembra… interessante, ecco…

– Posso dirlo ad Alex?

– Mmm… forse è meglio di no… sai, vorrei scrivere qualche capitolo prima di…

– Okay, ti aiuto – dice.

– Okay? – ripeto senza quasi credere alle mie orecchie.

– Ti va bene domani sera? – chiede. – Alex va a letto presto perché ha una gara il giorno dopo e io sono libera.

Poi aggiunge:

– Non mi innamorerò di te.

– Vedremo, vedremo…

Si chiama Manuela.

Fine del resoconto.

Così ora devo darmi da fare per sfoggiare un look un po' retrò, alla Bogart. Mi sono studiato il personaggio su YouTube e non è che noi due ci assomigliamo un casino. Il protagonista del film indossava abiti eleganti, portava un borsalino in testa e aveva i capelli lisci e tirati all'indietro.

Io, invece, vesto casual, tipo maglietta presa direttamente nella cesta delle cose da stirare, jeans scoloriti e capelli sistemati con la mano a pettine.

Però abbiamo in comune una certa classe.

E ho anche letto nelle sue note biografiche che vanta un'espulsione da scuola per indisciplina, quindi doveva essere un tipo esuberante.

Ho comprato delle sigarette. Anche se non fumo, ne farò penzolare una spenta da un lato della bocca.

La cosa triste è che ho dovuto far ricorso al misero bagaglio da seduttore di mio padre.

Ho bagnato i capelli e li ho pettinati tutti indietro col *suo* orribile pettine (preventivamente lasciato a mollo per un'ora nella candeggina).

Indosso persino una delle sue anonime cravatte.

Aggrotterò molto la fronte, userò un tono di voce basso e profondo e sorriderò poco.

Esco.

Lei mi aspetta sotto casa.

Indossa un paio di jeans a sigaretta e una maglietta leggera tutta colorata.

Sono pronto.

Aggrotto la fronte.

Le strizzo l'occhio senza sorridere.

Poi le porgo il braccio e con voce baritonale dico:

– Ciao, piccola.

Appena apro bocca la sigaretta scivola a terra, ma fa niente.

Anche se ride, so che è impressionata di brutto.

– La notte è nostra – dico fissandola negli occhi con sguardo tenebroso.

Intanto armeggio nelle tasche per tirare fuori un'altra sigaretta dal pacchetto.

Lei continua a ridere ma io resto impassibile come un vero duro.

E a piedi ci dirigiamo verso il molo.

I passi sull'asfalto, le stelle, il suo profumo...

Sarà una notte magica.

Faceva maledettamente freddo.

Io ero uscito con giacca e camicia e a un certo punto ho iniziato a tremare.

Lei voleva darmi il maglione che aveva nello zaino e io l'avrei tanto voluto prendere, ma poi ho pensato che avrebbe un po' sciupato il mio profilo *Casablanca* e ho resistito stoicamente.

Alla fine abbiamo deciso di andare al cinema.

Davano *Ice Age 3*, che avevamo già visto entrambi, ma che è un film molto divertente.

E alcune scene non le ricordavo.

Insomma è un casino starsene lì con la mascella rigida alla Bogart, mentre guardi un film da ridere.

Forse il tipo *Casablanca* non mi si addice particolarmente, così alla fine ho un po' mollato.

Ho riso e chi se ne frega.

E anche se poi non ci sono riuscito, ho veramente provato a fare quella cosa sull'amicizia tra uomo e donna.

Cioè: *non pensare a fare sesso con lei.*

Dopo che l'ho salutata mi sono ripetuto che è bello avere un'amica.

Che ci può essere amicizia tra uomo e donna.

E anche che sarebbe stato carino se per una volta nella vita non avessi iniziato a pensare a noi due in atteggiamento, tipo, diciamo, *ludico*...

Così ho cercato di immaginare noi due che facevamo cose normali, come le coppie delle pubblicità.

Lei che prepara una torta, io che la mangio.

Lei che corre sulla spiaggia, io che la inseguo...

Solo che alla fine di ogni immagine spuntava l'altro me, quello allupato, che le saltava addosso.

Come dicevo, *almeno ci ho provato*.

E intanto ho già spedito i primi tre capitoli del libro a Milano.

Sono contento come un bambino davanti a un barile di Nutella.

Ho passato vent'anni a cazzeggiare e di colpo, quando già mi sentivo intristito dall'età, ecco che i ventun anni mi regalano un quasi lavoro e una quasi fidanzata.

Nel frattempo ho deciso che domani andrò in quella palestra, dove insegna il tipo di Manuela, a studiarlo un po' da vicino.

Mi ripeto che lo faccio perché può essermi utile per il libro, ma qualcosa dentro di me mi sussurra che ci sto andando per un altro motivo.

Tra un paio di giorni ci vedremo in spiaggia.

Volerò sulle onde coi capelli al vento.

Le donne adorano i surfisti…

L'onda

Non so voi, ma famiglia a parte, la cosa a cui tengo di più sono gli amici.

Quasi tutti i pomeriggi e tutte le sere ci vediamo nei pressi della Vela.

Che poi è uno spiazzo di cemento destinato al parcheggio dei motorini.

Lo chiamiamo "la Vela", perché poco lontano dal parcheggio c'è un'agenzia di viaggi che ha quel nome.

Lo spiazzo è ricavato sulla copertura della parte finale di un torrente che sfocia a trenta metri da dove siamo noi.

E anche se dove siamo noi non c'è nemmeno una panchina e ci sediamo per terra come barboni, è bello perché si vede il mare.

E oggi è più bello del solito perché c'è una libecciata grandiosa, così un gruppo di noi si stacca dai più pigri e va in spiaggia a guardare le onde che si alzano, s'increspano e artigliano la battigia.

Sembrano un branco di tigri siberiane che si avventano sul litorale ringhiando.

Quando avevo otto anni, una volta mio nonno invece di accompagnarmi a scuola mi ha portato a vedere il mare.

Era autunno e il vento era molto forte.

– C'è il mare che è uno spettacolo – aveva detto. – Vento di libeccio.

Al porto non si poteva andare.

Era troppo pericoloso e la zona era stata transennata. Così ci eravamo fermati sul lungomare.

Le onde erano talmente alte che scavalcavano la diga foranea e spezzavano gli ormeggi.

E da ponente avevano divorato la spiaggia e arrivavano sulla strada, scagliando pietre sulla carreggiata e bagnando gli incauti passanti.

– Goditela – disse il nonno. – Perché di queste ne arriva una ogni vent'anni.

Parlava della mareggiata.

L'area del lungomare era popolata in modo insolito per essere le otto e mezza di mattina di un giorno di novembre.

C'erano anche altri miei compagni di scuola con i loro genitori.

Alcuni negozianti avevano chiuso le botteghe ed erano venuti a guardarsi lo spettacolo.

A un tratto vicino a noi era apparsa mia madre.

Aveva lo sguardo eccitato.

Immagino che quando era piccola il nonno facesse con lei quello che aveva fatto con me quel giorno, e cioè che la portasse a vedere il mare e le parlasse di vento e di onde.

Fatto sta che mia madre non sembrava sorpresa di trovarmi lì col nonno a guardare la mareggiata, mentre avrei dovuto essere a scuola.

– Avete visto papà? – chiese, guardandosi attorno.

No, non l'avevamo visto.

Anche se sicuramente era lì, da qualche parte, in una di quelle che lui chiamava *ottima postazione*.

Mio padre fa il fotografo e da giovane era di quelli un po' fuori di testa. Non mi sarei sorpreso se improvvisamente fosse comparso abbarbicato sulla cima di un lampione o se l'avessimo scorto appeso all'albero di maestra di una goletta, alla Jack Sparrow.

– Quanto saranno alte? – chiese la mamma al nonno.

– Sette metri, forse otto...

– E hai intenzione di aspettarla?

– Certo – le disse il nonno.

– Chi? – volli sapere io.

Il fragore delle onde copriva le voci.

– Chi deve venire? – domandai a voce più alta.

– L'onda – rispose il nonno.

E poi mia madre mi spiegò che nello spazio di tre ore, in pratica ogni mille onde, era lecito aspettarsene una altissima, quasi il doppio della media delle altre.

– Anch'io voglio aspettarla – dissi.

E improvvisamente vedere quell'onda sembrava la cosa più importante di tutte.

Comunque non erano passate tre ore.

Forse nemmeno due.

So che la mamma era andata a comprare della focaccia all'olio per mangiarla insieme a me e al nonno.

E io pregavo che l'onda non arrivasse proprio quando la mamma non c'era.

Volevo che potesse vederla anche lei.

Mia madre tornò e insieme a lei comparve mio padre, con le sue apparecchiature a tracolla e tutti e quattro cominciammo a mangiare la nostra focaccia calda.

E fu in quel momento che arrivò.

Avanzava rapida dietro le altre, gonfiandosi.

Qualcuno gridò.

Restai col fiato sospeso e gli occhi spalancati.

E se esiste un momento perfetto nella vita delle persone, il mio è stato quello.

Ricordo che passata l'onda restammo in silenzio senza riuscire a staccare gli occhi dalla massa bianca di schiuma che continuava a mutare forma.

E anche dopo un bel po', quando il sole ormai era alto nel cielo e incominciavamo a sentire un po' di stanchezza, la gente sembrava riluttante ad andarsene.

– Allah, Buddha, Dio... – commentò il nonno mentre ci allontanavamo, – con qualunque nome lo vogliamo chiamare, il tipo che ha inventato il mare dev'essere uno coi coglioni che fumano.

– Già – disse mio padre.

E sorrise.

Anche se il nonno aveva detto una parolaccia davanti a me.

– Mi sa che "becciare" deriva da Libeccio – dice Luca, riportandomi di colpo alla realtà.

Ha un accento dialettale molto calcato che carica le sue frasi di una qualche coloritura supplementare.

Qualcuno ride e gli dà dell'idiota, ma probabilmente ha ragione.

– Deriverà da baciare, no? – dice Sara, inarcando le sopracciglia al massimo, come volesse farle arrivare all'attaccatura dei capelli.

– Guarda che "becciare" vuol dire baciare solo per noi giovani – spiega Martina. – Per i vecchi, come i nostri genitori o i nostri nonni, voleva dire "trombare".

– Ma dài? Non lo sapevo…

– Allora ci sta – dice Luca.

– Be', vediamo – dice Vale, che si è appena comprato un cellulare fotonico.

Vale cerca "becciare" ma non trova niente.

– Prova a cercare "libeccio" – suggerisce Eli. – Magari è il contrario, magari è libeccio che deriva da becciare.

– Ehi, eccolo qui, l'ho trovato! *Libeccio dall'arabo volgare lebek, vento di sudovest, derivato da leíbø, ovvero, gocciolare, versare…*

– Quindi becciare – conclude Luca.

Restiamo un po' in silenzio come se stessimo meditando sulla portata di quella scoperta linguistica.

Poi Ale chiede:

– Ma voi li sapete i nomi dei venti?

– Qualcuno – dice Luca. – Tramontana, Scirocco…

– Bargonello – aggiunge Vale.

E lì ci mettiamo tutti a ridere perché quello è il nome di una brezza che gira solo dalle nostre parti…

– Eolo – aggiunge Ale.

– Guarda che Eolo è uno dei sette nani – dice Martina.

E ridiamo di nuovo.

– Quanto siete ignoranti – sbuffa Ale. – Non è solo un nano, è anche il dio dei venti, quindi sarà un vento pure lui, no?

– Ma tu non credi in Dio – replica Luca.

Altre risate.

Va precisato che le nostre conversazioni non sono sempre così.

Qualche volta, ma non sempre.

Un mercoledì da leoni

Profilo del seduttore *SURFISTA*

Abbigliamento freak, fisico atletico, capelli lunghi.
Musica: Nada Surf, Jack Johnson e affini
Stile: surf & urban
Film: Point Break, Surf's up, Un mercoledì da leoni e altri film sul surf
Libri: manuali di surf
Auto: non possiede auto, ma in cambio ha una mezza dozzina di tavole
Caratteristiche: spirito nomade e poetico, legato al mare da un invisibile cordone ombelicale.
Usa il linguaggio della tribù surfista.

Quando sono entrato lui era lì che si stava massacrando da solo, con le ginocchia piegate e un carico di almeno duecento chili sulle braccia.

Aveva addosso una maglietta bianca con la scritta NO

PAIN, NO GAIN, che vuol dire qualcosa tipo: senza soffrire non arrivi da nessuna parte.

Ha posato il bilanciere e mi è venuto incontro.

Solo allora ho notato che indossava una mutanda aderente a perizoma, che lasciava scoperta gran parte del sedere.

– Ciao, sei quel ragazzo che ha telefonato ieri? – ha chiesto.

Il suo culo mi imbarazzava.

Non che io sia un timido che arrossisce davanti ai sederi degli amici sotto la doccia.

Ne ho visti a frotte di culacci maschili.

Brufoli, peli, chiappe scarne...

Anche se cerco di guardarli il meno possibile, ormai non mi fanno effetto.

Se fai sport, alla fine ti abitui.

Il punto è che non avevo mai visto nessun maschio col perizoma, il culo rasato e le chiappe unte come quelle di un neonato dopo il bagnetto.

– Eh? – ho risposto imbambolato.

Poi mi sono ripreso e ho aggiunto:

– No, no... io sono venuto a dare un'occhiata...

– Vuoi iscriverti?

– A dire il vero... ecco, non sono sicuro che fare palestra mi interessi... di solito faccio altre cose...

– Cosa? – ha chiesto fissandomi dritto negli occhi, con grande intensità, come se cercasse di leggermi nella mente.

– Pallone, nuoto, un po' di surf…
– Surf? – ha ripetuto lui.
Ed è scoppiato a ridere.
– Ma non è uno sport da checche? – ha detto.
E lì mi ha fatto un po' innervosire.
Non mi piace la gente che classifica le persone e fa commenti omofobi.
Ho dato un'occhiata ai suoi bicipiti, che erano il quadruplo dei miei, ho riso anch'io e ho detto:
– Be', no, non direi…
Poi ho aggiunto:
– Piuttosto, quelli che usano gli anabolizzanti hanno problemi, no? Palle piccole, impotenza, dovresti saperlo…
– In che senso dovrei saperlo? – ha chiesto, sulla difensiva.
– Sei uno che fa sport, no?
– Mmm…
Poi si è infilato un paio di pantaloni della tuta e la cosa mi ha dato un gran sollievo.
– Vuoi potenziare le gambe? – ha domandato. – Posso prepararti una tabella…
– Magari anche le braccia e le spalle…
Alla fine non è nemmeno antipatico.
Me ne sono andato dicendo che ci avrei pensato su.
Magari la settimana prossima ci torno e inizio a fare qualche esercizio.
Non che voglia la tartaruga sull'addome.
Cazzata.

Ma non mi dispiacerebbe strutturare un po' le mie spalle.

Comunque di pomeriggio avevo appuntamento in spiaggia con Manuela ed ero un po' teso all'idea che potesse fare un confronto tra il mio fisico asciutto e seducente, seppur non esageratamente muscoloso, e il corpaccione ipertrofico di Alex.

Mentre prendeva il sole ho sbirciato il suo due pezzi.

C'era pochissima gente e lei aveva piazzato il suo pareo viola sulla sabbia, si era tolta i jeans, le scarpe da ginnastica, i calzini e la maglia.

Io aspettavo quel momento con un po' d'ansia, perché a volte una ragazza ti può piacere un casino di viso, ma poi di corpo è una delusione.

E lo so che è un modo di ragionare stronzo, ma so anche che le donne fanno la stessa cosa con noi uomini.

Insomma, forse non è giusto e non dovrei scriverlo.

Ma sarei un ipocrita.

Comunque lei mi piace.

Non è perfetta, ma le sue imperfezioni sono meravigliose.

– *Catch the wave or the wave will catch you...* – dico, tanto per iniziare col profilo del Surfer.

Poi poso la tavola e mi sdraio vicino a lei.

Lei tira fuori un pacchetto di cibarie dalla borsa e mi passa un panino.

– Grazie – dico, sentendomi improvvisamente affamatissimo.

– Quindi il tuo modello oggi è Kelly Slater?

– Ehi, come fai a conoscerlo? – chiedo stupito. – Sì, vabbè, è stato campione mondiale di surf per un sacco di volte, ma di solito la gente che non pratica questo sport non lo conosce.

– Mi sono documentata – dice sorridendo.

– Comunque la risposta è no. Il mio modello è piuttosto Cody Maverick...

– È bravo?

– Hai presente il film *Surf's up*?

– Quello con i pinguini?

– Esatto. Cody è un pinguino diciassettenne che passa le giornate a cavallo della sua tavola e sogna di vincere il campionato ma, indovina un po', nel momento della gara, rinuncia in nome dell'amicizia... una cosa pazzesca, molto commovente... e non importa se è solo un film, d'animazione per di più, perché c'è del sentimento...

– Io ho pianto guardando *Bianca e Bernie*...

– Ma non fa piangere...

– Sì, invece. Quando Medusa dice a Penny che è brutta e nessuno la vorrà mai adottare...

– È vero, avevo dimenticato quella scena. Tristissimo...

Ce ne stiamo lì a mangiare e sembra che ci conosciamo da tanto.

– Buono, che c'è dentro? – chiedo.

– Pomodoro, tonno, insalata e maionese.

Maionese?

Az!

Io sono allergico alla maionese!

Mi provoca un meteorismo pazzesco.

Tipo elefante con la colite.

Signore ti supplico, almeno per oggi non mi giocare scherzi infami...

– Bella tavola... – dice. – Questi disegni sono onde?

– Mmm... è quella su cui ho imparato, una mini Malibù. L'ho portata per te...

– Vuoi insegnarmi a surfare? – chiede stupita. – Non è un po' fredda l'acqua per fare già il bagno?

– Certo – rispondo mentre mi sdraio pancia in giù sulla tavola. – Ma per ora devi solo fare pratica con questo movimento...

E mi esibisco sollevandomi con un balzello, un piede avanti e uno dietro.

– Si chiama *take off*. Prova, dài...

– Non ci riuscirò mai – dice.

Ma intanto si alza e si sdraia a pancia giù sulla tavola.

– Così? – chiede, mettendosi in ginocchio.

– Dovresti saltare la parte in cui ti appoggi sulle ginocchia...

– Okay, lo rifaccio.

Dopo quattro o cinque tentativi maldestri, inizia a fare dei *take off* decenti.

E nel preciso istante in cui lei mi sorride tutta felice, ho la conferma che a Dio non gliene frega un cavolo delle mie preghiere.

– Vado a vedere se l'acqua è fredda – dico improvvisamente.

E mi metto a correre come una lepre inseguita da un predatore.

Nella foga picchio pure il mignolo del piede destro in un sasso seminascosto dalla sabbia, ma fingo indifferenza.

Anzi, nel girarmi a guardarla, per controllare che non mi stia seguendo, sfodero un sorriso di gioia pura.

Poi mi lancio in mare.

La temperatura dell'acqua mi induce a nuotare come un matto.

Se va bene saranno 12 gradi.

Il sole nel frattempo è sparito.

È normale.

Capita che ad aprile un cielo azzurro si trasformi in un tendone grigio.

Comunque in mare ci sono solo io e posso dare libero sfogo ai gas che stanno procurandomi fitte lancinanti all'intestino.

Per evitare che si notino delle gigantesche bolle d'aria salire in superficie, inizio a pestare con le mani sul pelo dell'acqua, come suonassi due tamburi.

Probabilmente Manuela interpreta tutto quel movimento come una manifestazione di gran divertimento perché si alza e si dirige con passo deciso verso la battigia.

Non vorrà mica tuffarsi?

Sì, invece.

E ci dà come una lampuga!

Cristo Santo!

Devo allontanarmi subito da quest'area contaminata...

Il freddo ha peggiorato i crampi alla pancia e io ho bisogno di liberare altro gas, per cui inizio a nuotare più veloce che posso.

– Aspettami! – grida lei, ma io la ignoro.

Dopo una trentina di bracciate non ce la faccio più e mi fermo ansimante.

Lei mi raggiunge.

– Hai le labbra blu...– dice, –... forse è meglio che tu esca adesso...

Poi aggiunge:

– Senti che puzza! Si deve essere di nuovo rotto il depuratore...

– Sì, che schifo! – dico, scuotendo la testa con disapprovazione. – Torniamo su, dài...

Una vita da centravanti-terzino

Immagino vi stiate chiedendo come sia andata a finire il surf trip.

Male.

La combinazione maionese-acqua gelida ha scatenato l'inferno e sono stato obbligato a interrompere la giornata a metà.

Appena a casa mi sono catapultato al cesso.

Poi mi sono fatto una doccia bollente, mi sono asciugato in fretta i capelli e mi sono infilato a letto con la borsa dell'acqua calda.

Ho bevuto i litri di camomilla che mia madre mi ha preparato.

Ho risposto a due SMS di Manuela che si diceva preoccupata per il mio stato di salute.

Ho letto i titoli della *Gazzetta dello sport* senza riuscire a decifrare il senso delle parole.

Poi sono piombato in un sonno profondo.

Quando mi sveglio ho il cellulare pieno di messaggi non letti.

Li leggo in ordine di arrivo:

Oh, ci 6 stas alla part?

Risp x fav… ho chiamato casa e tua madre dice che non ci 6 xkè stai male

Ho messo la lamierina nella marmitta. Fischia da Dio… XD

Puoi chiedere a tuo padre qnt costa scheda da 8 giga x fotografica digit?

Troppo sbatti, rispondere, eh?

Se ti svegli e stai meglio porta giù il tuo pallone ke quello di doc fa cagare…

Dove k**o 6? Non dovevamo andare a vedere quel cane?

Faticosamente mi tiro a sedere e inizio a chiamarli tutti al telefono.

Usando quello di casa, ovviamente.

Che sul mio di credito non ce n'è mai.

Chiamo Matteo e gli dico che andrò alla partita.

Non si può saltare una partita di pallone tra amici.

Dateci un pallone e noi uomini siamo subito felici.

Una volta ne abbiamo parlato e ognuno cercava di spiegare come mai agli uomini piacciano tanto i giochi con la palla.

Luca ha detto che le palle ci ricordano il corpo della donna, tutto pieno di rotondità.

Doc ha precisato che non è che ci ricordino proprio tutto il corpo, ma le tette: gli uomini le rincorrono e se le contendono.

Qualcuno ha detto che la palla ci piace perché la sfera è una figura perfetta.

E qualcun altro ha ipotizzato che ci ricorda la Terra, il pianeta in cui viviamo.

(In quel caso il fatto di prenderla a calci sarebbe una metafora su cui ragionare un po'...)

Comunque giocare a pallone mi ha fatto bene, perché alla fine della partita il mal di pancia è passato.

Sudare e buttare fuori le tossine a volte è un buon sistema per stare meglio.

E io quando gioco, sudo un casino.

Sono l'unico centravanti-terzino del mondo.

In realtà il mio ruolo sarebbe quello di centravanti, ma siccome la mia squadra è carente in difesa, io copro due ruoli.

Corro avanti e indietro per il campo ora difendendo, ora cercando di passare palle goal o andare direttamente in porta.

In diverse occasioni ho cercato di spiegare ai miei compagni di squadra che quel doppio ruolo è una contraddizione, ma loro dicono che funziona benissimo e che non possiamo permetterci di perdere né il terzino, né il centravanti.

E che oltretutto spiazzo l'avversario.

Che la nostra è una formazione fortissima e imbattibile.

Per la cronaca: la partita è finita due a zero per gli altri.

Alì

Ho iniziato a lavorare in una paninoteca. Faccio un turno dalle sei di sera alle due di notte dal giovedì alla domenica.

Sono solo quattro sere alla settimana ma il turno di otto ore di seguito è pesante.

Ci sono momenti in cui non abbiamo nemmeno il tempo di andare in bagno.

Io e Alì, il ragazzo indiano che lavora con me, siamo una perfetta catena di montaggio.

Quando non c'è ancora molta gente prepariamo i panini e le focaccine tagliati a metà e ben disposti sul piano di lavoro, coperti con la carta da cucina. Laviamo bene la verdura e poi iniziamo ad affettare pomodorini, a sminuzzare insalata, a bollire uova, ad aprire scatolette di tonno e di sottaceti e a metterle in recipienti che disponiamo in fila, ogni giorno nello stesso ordine. Ho avuto fortuna ad avere Alì come compagno di turno perché a tutti e due piace la pulizia e una certa organizzazione in cucina.

Stasera gli ho chiesto se si chiamasse veramente Alì o

se per caso il suo nome fosse una specie di diminutivo, tipo di Aladdin.

Lui si è messo a ridere e mi ha detto che non si chiama Alì. Che il suo vero nome è Janakivallabh, ma che la gente lo storpiava sempre o lo dimenticava. Così alla fine, quando il tipo dove lavorava prima ha cominciato a chiamarlo Alì, lui ha iniziato ad adottare quel nome per semplificare le cose.

– Non credo che sia giusto – ho detto, dopo averci riflettuto un po' su. – Il nome ti rappresenta e non è un grande sforzo memorizzare qualche sillaba…

Ho ripetuto due o tre volte il suo vero nome e gli ho chiesto di correggere la mia pronuncia, perché volevo essere sicuro di non fare storpiature.

Janakivallabh rideva e alla fine mi ha detto di non prendermela tanto perché nemmeno a lui il suo nome piaceva un granché.

E che Alì, breve e semplice, è più adatto.

– E poi significa "altissimo" e io sono alto – ha aggiunto, strizzando l'occhio.

Una specie di battuta.

Perché è chiaro che quel significato è riferito più a una caratteristica spirituale che fisica.

Mentre preparavamo i panini abbiamo iniziato a parlare di filosofia, di religione, di destino e di libero arbitrio, e poi siamo passati a neurologia, che è la materia in cui Alì-Janakivallabh si vuole laureare.

– Tu credi nel destino? – mi ha chiesto a un tratto.

– No – ho risposto. – Penso che ci siano eventi al di sopra della nostra portata. Sì, insomma, che non possiamo modificare, per lo meno non completamente. Ma in linea di massima credo che ogni persona sia artefice del proprio destino…

– Quindi credi al libero arbitrio?

Non mi ero mai posto la domanda in questi termini, ma ci ho pensato un po' e ho concluso che sì, probabilmente ci credevo.

– Tu no? – ho chiesto.

– Sì, ci credo anch'io – ha detto Alì. – Però adesso ti dico una cosa. Hai presente le farfalle notturne… sai quando si scagliano contro la luce? Ecco, loro rispondono sempre nello stesso, identico e prevedibile modo a uno stimolo… l'insetto non ha libero arbitrio, è legato a una risposta istintuale e stereotipata. Gli organismi più complessi, invece, hanno risposte comportamentali più varie e meno vincolate…

Io lo ascoltavo attentamente.

– In sostanza ciò che ci rende diversi da una falena è il fatto che abbiamo una gamma di risposte più ampia e quindi possiamo reagire in modo per così dire… imprevedibile, ecco. Libero arbitrio, o, se preferisci, gratuità delle scelte. Ma rifletticі bene…

Mi ha guardato per qualche secondo negli occhi ed è rimasto ad aspettare che io traessi le mie conclusioni.

– Questa gamma non è infinita – ha proseguito. – Si è solo allargata in virtù della nostra evoluzione. Siamo diventati più complessi e abbiamo ampliato il numero di risposte a nostra disposizione. Il numero di risposte, però è limitato, credo, e forse codificato… Per questo ci vado cauto con l'idea del libero arbitrio…

– Sono impressionato – dico.

– Da cosa?

– Dalle cose che dici. Sei sicuro di avere ventidue anni? Non è che magari ne hai sessanta e ti sei tinto i capelli?

Alì ride e alza le spalle.

I guerrieri della notte

Profilo del seduttore GUERRIERO

Bello o comunque aitante.
Capelli abbastanza lunghi, spettinati ma in modo figo.
La sua massima di vita potrebbe essere: fatti i cazzi tuoi e vedrai che andiamo d'accordo.
Musica: rock vario, da Vasco Rossi ai R.E.M., dai Rolling Stones agli Oasis
Stile: effetto vagamente trasandato; jeans, magliette, giubbotti e scarpe da ginnastica
Film: genere "on the road" e postatomici
Libri: usati o presi in prestito
Gira a piedi o con mezzi pubblici.

Stamattina ho scritto per tre ore di seguito.

Anche se ogni tanto cancellavo un pezzo qua e un pezzo là, ci davo alla grande.

Alla fine in tutta la mattina avevo battuto 8.300 caratteri.

(Che, detta così, sembrano tanti, ma in realtà sono solo poco più di quattro cartelle.)

A mia discolpa devo dire che sono stato interrotto da più telefonate.

La prima era di una tizia dall'indefinibile accento straniero che voleva farmi risparmiare un sacco di soldi sulla bolletta dell'energia.

Le ho spiegato che i miei erano fuori e che non mi occupavo delle bollette di casa, e sono tornato al lavoro.

Dopo dieci minuti il telefono è suonato di nuovo e la stessa identica voce mi ha detto che era la mia settimana fortunata, che se avessi firmato un certo contratto con una tale compagnia avrei risparmiato il cinquanta per cento sui costi attuali nel mio consumo di energia.

Ero impressionato.

– Lei conosce l'importo delle nostre bollette? – ho chiesto stupito.

La tipa mi ha dato una spiegazione illogica che stranamente suonava convincente. Io le ho ripetuto che non mi occupavo delle bollette e le ho fatto notare che mi aveva già chiamato prima.

La terza volta ho riconosciuto la voce prima ancora di sentirla.

Sapevo che era lei.

La mia pazienza si stava esaurendo e ho detto subito che non ero interessato.

– Come fa a *non interessa*? – mi ha chiesto di rimando

la tipa in modo un po' scortese. – Non ho detto che cosa le sto offrendo...

– Il cinquanta per cento in meno sulle bollette?

– Esatto.

– Allora non mi interessa – ho detto sospirando.

– Mi sta dicendo che non vuole risparmio?

– Senta, sto lavorando, non posso stare troppo al telefono...

A quel punto la donna ha inscenato una specie di pianto, ma si capiva benissimo che fingeva.

– Perderò lavoro – ha detto.

Un ricatto morale che mi ha messo a disagio e mi è parso ingiusto.

Faccio sempre la carità con le famose monete del barattolo, ma non potevo certo aprire un nuovo contratto.

– Mi dispiace, ma io lo sono già, disoccupato...

– *Tu no mi finocchia* – ha detto incazzandosi di brutto.

– Cosa?

– *Tu no mi finocchia*, pezzo di merda, capito? Prima ha detto che deve lavorare...

Volevo mettere giù, ma in qualche modo non mi andava di chiudere la conversazione senza aver tentato di riappacificarmi con quella donna.

– Non la voglio infinocchiare... io... io ho solo ventun anni, capisce? Abito con la mia famiglia. Sono disoccupato, anche se ora per la verità sto scrivendo un libro... ma non decido sulle bollette...

– Può darsi che striscio la tua macchina con cacciavite. So dove abiti…

– Cosa?

– Può darsi *uccide* tuo gatto…

Poi ha buttato giù.

Voleva davvero uccidermi il gatto?

Mi sentivo di merda.

Quando mi ha telefonato Manuela le ho raccontato tutto.

– Non credo che ce l'avesse veramente con te, probabilmente era solo una brutta giornata.

– Mi ha minacciato.

– Hai un gatto?

– No – ho detto, con un certo sollievo.

– Vedi?

Poi mi ha chiesto se avevo programmi per quella sera.

– Sei pronto a sedurmi con un nuovo personaggio?

Mi è sembrato di avvertire una sfumatura maliziosa nel tono.

Tanto che improvvisamente mi sono sentito energico come un toro e ho risposto:

– Sei pronta a giocare alla guerra?

– Cosa?

– Niente, una specie di citazione da *I guerrieri della notte*, il film…

– Ah! Quindi sarai un guerriero?

– Sì, ma di quelli bravi, okay?

Indosso i jeans di sempre, una maglietta a mezze maniche e il logoro giubbotto.

Non mi sono fatto la barba, così ho l'aria da duro.

Sono pronto e sto per uscire quando mia madre chiede se stia andando dal nonno.

Ma porca puttana!

Oggi è mercoledì, ma con questa storia del libro e di Manuela e tutto il resto me n'ero completamente scordato.

Dovrò spostare la serata del guerriero.

Il mercoledì io, il nonno e un suo vicino di casa giochiamo a carte.

So cosa state pensando: telefona al nonno e digli che stasera hai un impegno.

No, non posso.

E poi non voglio.

Così prendo il cellulare dalla tasca dei jeans e faccio il numero di Manuela.

Mi sembra un pochino delusa, ma dice che è okay, che non fa niente.

– Senti, non sto raccontandoti una palla, sto veramente andando da mio nonno…

– Lo so, ma non potevi rimandare la visita a domani?

– Il mercoledì sera per il nonno è un momento di grande divertimento. Lo so che è difficile da credere, ma è una cosa importante della sua vita. E se devo essere sincero anche per me. Mi diverto a giocare, comunque anche se non mi divertissi…

– … ci andresti lo stesso – conclude lei.

– Sì.

– Sei davvero un bravo guerriero.

– Non illuderti…

– Senti…

Esita.

– Cosa?

– Non potrei venire anch'io da tuo nonno?

– Ne avresti voglia?

– Certo, mi piace giocare a carte.

– Okay, lo chiamo e ti faccio sapere – dico.

E poi chiamo il nonno, che all'inizio è titubante.

– E dài, nonno, solo stasera, poi riprendiamo i nostri mercoledì di sempre…

– È la tua ragazza?

– No, figurati… ce l'ha già il ragazzo… insomma, non ancora…

– Va bene – dice alla fine.

Mezz'ora dopo siamo seduti ai quattro lati del tavolo della cucina.

Il nonno ha messo la tovaglia verde di panno che Mario, il suo vicino, gli ha regalato a Natale.

Le presentazioni sono state velocissime.

Una rude stretta di mano e poi siamo passati a formare le coppie.

Io sto con Manuela e Mario sta col nonno.

Ho notato che il gioco delle carte trasforma le persone.

In un altro momento il nonno e il suo amico sarebbero stati contenti di chiacchierare insieme a noi, ma in questo momento vogliono solo sedersi al tavolo e iniziare la partita.

– Finalmente ci possiamo fare una briscola a coppie – dice Mario.

Che è il suo modo di dire a Manuela che è ben accetta.

– Io e Manuela siamo fortissimi – dico.

Un po' precipitosamente perché finiremo col perdere a briscola, a poker e a scala.

– Fortunati in amore... – dice il nonno alla fine, mentre ci saluta.

Poi quando siamo già in fondo alle scale, urla:

– Se vuole tornare mercoledì prossimo, ci fa piacere...

– Grazie – dice Manuela. – Torno volentieri.

Fuori il cielo è pieno di stelle e c'è uno spicchio di luna sorridente.

– Allora? – le chiedo. – Finora chi è il seduttore vincente?

– Diciamo che ho dato 9 a Bogart, 10 al Surfer e 9 al Guerriero.

– Aspetta un attimo, vuoi dire che come Surfer ti piacevo più di oggi? Cos'è? Invece di migliorare peggioro?

Manuela ride e mi prende sottobraccio.

È la prima volta che lo fa e mi verrebbe voglia di voltarmi e baciarla.

– In effetti stasera ti ho dato 9 perché hai perso a carte...

– Quindi t'intrippava di più mio nonno perché ha vinto?

Manuela ride di nuovo.

– Mi hai preso sotto braccio – dico.

– E allora?

– Secondo me non sei così tanto innamorata di Hulk Hogan.

– Guarda che si chiama Alex.

– Ammettilo, non puoi amare uno con le chiappe unte.

– E tu come lo sai?

– L'ho visto...

– Quando?

Ohi... sembra incazzata.

– L'altro giorno ho fatto un salto in quella palestra e... be', c'era lui che si stava allenando.

– Sei andato a spiare? Non posso crederci!

– Ehi, è una palestra, è un luogo pubblico, può andarci chiunque, no? Non capisco perché ti scaldi tanto...

– Io invece non capisco perché hai dovuto infilare lui tra noi due – dice.

Poi leva il suo braccio dal mio e si allontana senza nemmeno salutarmi.

– Ero geloso, credo – dico finalmente.

Ma lei è già lontana e le mie parole cadono a terra.

Bassa marea

Avrei potuto chiamarla.

Avrei potuto telefonarle e dirle che non mi ero reso conto che la cosa avrebbe potuto infastidirla.

Invece sono andato a cercare gli amici e sono rimasto con loro sino alle due di notte.

E oggi non le ho nemmeno spedito un SMS.

In fondo meglio darci un taglio.

Questa cosa sta diventando seria.

Ho appena compiuto ventun anni e non voglio che la mia vita finisca adesso.

Mi sono fatto un'idea di come vanno le cose.

L'attimo prima sei felicemente immerso nella bolla fluttuante e appannata della giovinezza, cazzeggi con gli amici, passi le giornate sul divano o sul materassino, a seconda della stagione, guardi tutte le donne che passano (non perché tu sia un maniaco sessuale, ma perché c'è comunque questa curiosità verso il gentil sesso che è qualcosa di molto stimolante), mangi a quattro palmenti, vai alle feste di compleanno, campi con quei pochi soldi che guadagni facendo panini e ti sposti in scooter o con i passaggi che ti danno gli altri.

Le cose vanno da Dio.

Nell'attimo in cui ti distrai e perdi la testa per una e ti ci fidanzi seriamente, sei fritto.

Da quel momento la vita diventa frenetica e complicata.

E tu invecchi di un anno ogni sei mesi.

L'attimo dopo infatti ti ritrovi sposato, padre di due o tre costosi pargoletti (che in men che non si dica arriveranno ad avere la tua età dell'attimo prima), un impiego che detesti, ma che hai accettato perché dava più sicurezza del lavoro alla paninoteca, un mutuo da estinguere, conti da pagare, pochi amici, nessuna partita di pallone e una grande domanda senza risposta: che cazzo di vita sto facendo?

E lo so che lei mi mancherà, ma dopo qualche giorno mi mancherà meno.

E tra qualche settimana sarà passata.

Credo.

Qualcuno ha detto che quando si è di fronte a un bivio, qualunque scelta si faccia, dopo, proveremo comunque rimpianto e pentimento.

Come dire che la felicità non è compatibile col fatto di dover scegliere.

E che la scelta, per sua natura, non ha una risposta esatta.

So cosa state pensando, che secondo questo modo

di ragionare non dovrei mai uscire con una ragazza.

Sì, invece.

Ma solo se non ti interessa moltissimo.

Mi preparo e vado a lavorare.

Al lavoro sono solo.

Alì non si è fatto vedere e il padrone del locale inizia a imprecare contro gli stranieri.

Dice che sono inaffidabili.

E usa parole pesanti che mi danno fastidio.

A un certo punto non ce la faccio più ad ascoltarlo, mi tolgo i guanti di lattice, il cappello e il grembiule che ho legato intorno ai jeans e sbatto tutto sul tavolo.

Poi vado di là e gli dico che Alì è mio amico.

– E allora? – chiede lui, fissandomi incazzato.

– E allora o la smetti di insultarlo o ti pianto qui anch'io.

– Questo è il mio locale e io insulto chi mi pare.

– No – dico serio.

– No, cosa? – chiede incredulo, facendo un ghigno di disprezzo.

– Non insulti chi ti pare.

– Vaffanculo, frocio.

Lo guardo.

È un uomo alto e grosso.

Peserà almeno venti chili più di me.

Potrei prendere la rincorsa e dargli una testata nella pancia, ma non voglio fare a botte.

Non mi fa paura.

Avrei una voglia matta di dargli una manata in faccia, ma so che fare a botte gli farebbe piacere.

Ma vorrebbe dire che la mia reazione è stata determinata da lui.

Che ho fatto una cosa per reazione a qualcun altro.

Io invece lo mollerò nella merda e non gli permetterò di sfogarsi.

– Dove cazzo vai? – mi urla alle spalle.

Sul cellulare ho il numero di Alì e lo chiamo.

Dopo qualche squillo risponde una voce di donna che parla malissimo l'italiano.

Capisco due parole: Janakivallabh e ospedale.

– Vengo subito – dico.

E ho un brutto presentimento.

Spero di sbagliarmi.

Quando arrivo chiedo in accettazione ma non conosco il suo cognome e nell'elenco dei ricoverati del giorno non risulta nessun ragazzo sui vent'anni.

– Provi al Pronto Soccorso – mi suggerisce l'impiegato.

Lui è su una barella.

La maglietta sporca di sangue, i pantaloni strappati.

Il naso gonfio, il labbro superiore tumefatto e un occhio semichiuso.

Con la mano destra si tiene il polso sinistro.

– Cazzo! – esclamo.

Alì mi vede e tenta di fare un sorriso.

Vicino a lui c'è una donna che gli somiglia parecchio.

– Buongiorno – dico, porgendole la mano. – Sono un amico di Janakivallabh.

– Buongiorno – risponde lei.

– Cos'è successo? – chiedo.

La donna scuote il capo e non risponde.

Mi volto verso Alì.

– Mi hanno fatto il festino – dice.

– Chi?

Alì fa un movimento vago del capo che probabilmente gli provoca dolore perché soffoca un urlo.

– Ti hanno visitato?

– Ancora no...

– Da quanto è che sei qui?

– Due ore e un quarto.

– Cristo Santo!

Adesso sono proprio incazzato.

Vorrei essere come Gandhi.

Avere la sua serafica convinzione che con la protesta pacifica si riesca a convincere gli uomini a comportarsi bene.

Ma ho già dato tutto il meglio di me stesso quando mi sono allontanato dalla paninoteca senza saltare addosso al padrone.

Così in preda alla frustrazione vado a cercare un dottore.

Ne incrocio uno fermo in corridoio che sta esaminando dei fogli.

Non ha l'aria affannata.

– Senta... – dico – c'è un ragazzo di là che è stato pestato a sangue e aspetta da più di due ore che qualcuno gli dia un'occhiata...

Il medico alza appena gli occhi dai fogli che sta leggendo, mi guarda con aria seccata e dice:

– Quando sarà il suo turno lo vedremo.

Poi torna a leggere.

Per lui la cosa finisce lì.

Ma io non ho intenzione di mollare.

– E quando sarà il suo turno?

– Lei è un parente? – chiede, alzando di nuovo gli occhi con atteggiamento condiscendente.

Mi vuole fregare.

Vuole liquidarmi dicendo che solo i parenti hanno diritto a chiedere informazioni.

– Sì, è mio fratello – rispondo.

– Comunque abbiamo la sala piena di gente che aspetta...

– Quindi forse sarebbe il caso che si desse da fare, no? – rispondo.

– Ma chi crede di essere? Eh? Perché dovremmo correre dal suo amico, che ha fatto a botte, quando c'è gente che ha gravi problemi di salute e non se li è andati a cercare...

– Lei è un razzista con pregiudizi di merda – dico. – Il mio amico non ha fatto a botte. Lui è uno serio, che studia all'università e la sera lavora per mantenersi.

Ho alzato la voce e la gente mi sta guardando, ma non me ne frega un cazzo.

– E se adesso qualcuno non va subito a dargli un'occhiata, io telefono a tutti i giornali. Ce ne sarà uno interessato a parlare dell'efficienza del nostro Pronto Soccorso… e magari ci ricamano pure sopra…

Poi torno da Alì, che ha sentito tutto e scuote il capo tenendo gli occhi chiusi.

– Questo paese è strano – dice. – Ci sono quelli che mi picchiano senza nemmeno conoscermi e quelli come te che mi conoscono poco e mi chiamano fratello…

Dopo un paio di minuti due infermieri vengono a prendere Alì. Sono molto gentili e so che fanno un lavoro importantissimo.

Vorrei spiegare qualcosa.

Vorrei dire che lo so che si fanno il culo e che non sono tutte uguali le persone, che la maggior parte dei medici e del personale sono come si deve.

E proprio in quel momento uno di loro mi strizza l'occhio e mi fa segno col pollice su.

Quindi non c'è bisogno di dire altro.

Alta marea

Ho bisogno di parlare con qualcuno e dopo aver gironzolato un po' in giro mi ritrovo seduto dal nonno a bere una delle sue famose tazze di camomilla.

Mi sento come quando avevo dieci anni.

Ma non nei giorni buoni.

Racconto al nonno quello che è successo e lui mi versa dell'altra camomilla.

– Quando si è giovani si ha sempre voglia di urlare e fare a botte – dice. – È abbastanza normale, chi più chi meno.

– Poi passa? – chiedo.

– Non del tutto. Ma impari che neanche tu sei immune da errori, che gli uomini non sono infallibili. Dopo aver fatto tanti errori nella tua vita, inizi a guardare gli altri con più comprensione. E che comunque con le botte risolvi poco…

– Già…

– C'è una cosa che ti può aiutare… le maree…

Da piccolo il nonno me lo diceva sempre, ma adesso era da un po' che non tirava fuori questa storia.

Comunque lo ascolto con attenzione, come se la sentissi per la prima volta.

Perché mio nonno mi piace.

E mi piace quello che dice.

– La vita e il mare si assomigliano. A volte c'è bassa marea e tu ti senti un relitto impantanato in un fondale di due dita. Ma altre volte l'onda ti porta in alto e hai il vento in poppa, che spinge avanti…

E poi conclude:

– Ma anche la bassa marea ha la sua ragione di esistere…

Poi di punto in bianco mi chiede come sta Manuela e io di colpo capisco che la rabbia di oggi era anche contro me stesso.

Perché lei mi manca tantissimo anche se non è mai stata davvero la mia ragazza.

Così inizio a raccontare al nonno quella cosa dell'attimo prima e dell'attimo dopo.

– Stupidaggini – commenta il nonno alla fine.

– Guarda mio padre – dico. – Di punto in bianco ha smesso di fare il fotoreporter e ha aperto un negozio dove sviluppa foto di matrimoni e comunioni.

– E secondo te perché ha deciso così?

– Non so. Credo che c'entri col fatto di uniformarsi alle aspettative della società, di fare un po' quello che fanno tutti…

– Sei proprio un ingrato – sbotta il nonno. – Tuo padre lo ha fatto per te. E per tua madre, anche. Voleva passare più tempo con voi e inoltre il suo lavoro lo esponeva a rischi. Se gli fosse successo qualcosa, tu e tua madre sareste rimasti soli.

– E poi era stufo di fotografare la morte – aggiunge. – A te può sembrare strano, ma i matrimoni e le comunioni sono momenti di gioia per le persone. E adesso fotografa momenti felici. Non ti sembra un passaggio dalla bassa marea all'alta marea?

Taccio e rifletto sulle sue parole.

Ha ragione.

Dentro di me lo sapevo.

Per questo sono venuto da lui.

Sono venuto a cercare le parole che volevo ascoltare.

Il nonno tira fuori il suo quaderno e mi legge una poesia:

Possiamo pensare
solo ciò che le parole
ci consentono…
Ma insieme,
potremo forse inventare
nuove parole.

– L'unico momento in cui il tempo si ferma è quando hai vicino qualcuno che ami – dice il nonno.

Poi chiude il quaderno, lo ripone gelosamente nel primo cassetto del mobile in sala da pranzo, accende la tele e si siede sulla poltrona iniziando a imprecare contro i politici di turno.

È il suo modo di dirmi di smammare.
Non mi vuole mandare via.
Vuole che faccia qualcosa.

Delitto e Castigo

Profilo del seduttore ARTISTA SOFFERENTE

Sguardo profondo e dolente.
Spettinato, barba incolta, ma bellissimo.
Legge molto, scrive, compone musica o magari dipinge.
Soffre per cose che gli altri non possono nemmeno immaginare.
Adora l'espressionismo.
Le donne impazziscono per i suoi rari sorrisi.
Musica: prevalentemente ascolta musica rock degli anni '70, classica o cantautori anni '60-'70.

Sono chiuso in casa e sto leggendo *L'idiota* di Fëdor Dostoevskij.

È un bel titolo.

Penso al mio, di titolo, e ne acchiappo al volo la demenza totale.

I'm a playboy.

Cazzo!

Fëdor non avrebbe mai intitolato un libro in questo modo.

I suoi titoli racchiudevano quel mondo di sofferenti che solo lui riusciva a descrivere così bene.

I Demoni.

Memorie del sottosuolo.

Umiliati e offesi.

Non so se sia colpa di "Fiodry", del litigio con Manuela o forse della consapevolezza crudele e beffarda che non sarò mai un vero scrittore, ma di colpo nella mia allegra e fanciullesca visione della vita viene iniettata una nota di pessimismo cosmico.

Nelle note biografiche leggo che il 23 aprile 1849 Dostoevskij è arrestato per aver partecipato a raduni segreti con intenti sovversivi.

Insieme ai suoi compagni viene condannato a morte, ma poi lo zar cambia idea e decide di mandarlo ai lavori forzati a vita.

E sapete cosa gli fanno?

Non glielo dicono subito.

Lo fanno salire sul patibolo e solo quando sta per essere giustiziato, solo un attimo prima, gli comunicano la revoca della pena.

Pare che fosse un metodo in voga a quei tempi.

Bastardi.

Comunque Dostoevskij viene rinchiuso nella fortezza di Omsk, in Siberia, e da questa esperienza sconvolgente nascerà *Memorie dalla casa dei morti.*

Pare che a un certo punto inizi ad avere attacchi epilettici.

Ma io che c'entro con lui?

Niente.

Sono solo un coglione che ha conosciuto una bella ragazza e invece di fare quello che le ragazze si aspettano dagli uomini, cioè farle sentire la cosa più preziosa della terra, mi sono mascherato come un povero pazzo, l'ho portata a giocare a carte con mio nonno e non le ho mai detto nemmeno una volta una frase seria, che le facesse capire che mi piace, che sto bene con lei.

Ho provato a chiamarla, ma ha il cellulare staccato.

E va bene.

Vado da lei.

In fondo di cosa ho paura?

Cosa può succedere?

Non verrò rinchiuso in una fortezza in Siberia, no?

Prima di uscire mi guardo allo specchio e vedo che ho la barba lunga e i capelli un po' spettinati.

Non voglio trasformarmi in Fiodry.

Ho letto che era un giocatore compulsivo.

Che è come dire che doveva giocare per forza.

E che a causa del gioco era perennemente pieno di debiti.

Vado sotto casa sua e suono il campanello.

Si affaccia e quando mi vede ha lo sguardo stupito.

Ma non stupito e scocciato.

Stupito in modo piacevole.

Forse mi illudo, ma i suoi occhi mi danno coraggio.

Appena arriva le dico due cose.

La prima breve, la seconda un po' più complessa.

– Facciamo due passi? – chiedo.

Lei annuisce e iniziamo a camminare, dirigendoci verso la spiaggia.

– Da bambino ero l'unico tra i miei amici che non volesse andare al circo – inizio a dire.

– A me il circo non piace – dice lei.

– Be', mi fa piacere. Perché di solito quando sei bambino i grandi ti dicono quelle frasi... *hai visto? è arrivato il circo!*... e sorridono con entusiasmo, per trasmetterti l'idea che il circo sia una cosa bella, una cosa che piace ai bambini... be', un giorno qui era arrivato uno dei soliti circhi dal nome esotico e qualcuno regalò dei biglietti a mio padre... erano biglietti validi solo per il primo spettacolo di un giorno infrasettimanale, così lui chiese un paio d'ore di ferie per accompagnarmi e non ci fu verso, mi obbligò ad andare.

– A volte i genitori si impuntano per delle cose che non hanno senso e ne fanno una questione di principio – dice Manuela.

– I miei non sono così... sono brave persone... quella volta non so cosa gli era preso a mio padre... comunque andammo al circo e appena lo spettacolo iniziò, io chiusi gli occhi. Avevo deciso che non avrei guardato nessun numero. All'inizio mio padre applaudiva e rideva rumorosamente, cercando di coinvolgermi, ma era chiaro che non poteva divertirsi se suo figlio era lì, seduto vicino a lui, arrabbiato e con gli occhi chiusi...

Taccio per un attimo e la guardo, per vedere se la sto annoiando, ma lei mi sta ascoltando con l'espressione attenta, così vado avanti.

– A un certo punto avrei voluto persino aprire gli occhi e guardare, soltanto per mio padre, farlo per lui, perché gli volevo bene e non volevo guastargli la festa. Ma non ci riuscivo, era più forte di me... e finalmente mi fece la domanda che avrebbe dovuto fare subito.

– Quale? – chiede Manuela.

– Perché? chiese. Perché non ti piace? E io gli risposi che i clown mi facevano paura, soprattutto quando si picchiavano. E che anche se facevano finta ed era uno scherzo, non avrei voluto che mi prendessero e mi mettessero un naso a ciliegia e mi dessero delle manganellate con un bastone di gomma. Ma, soprattutto, dissi, soprattutto è per gli elefanti, per le tigri, i leoni. A quel punto la faccia di mio padre era già diventata triste. Io cercavo di spiegare con le mie parole di bambino di sei anni, che l'elefante era l'animale terrestre più grosso di tutti e che la tigre era la più forte e, io sapevo che lui le sapeva queste cose, perché mi leggeva l'enciclopedia degli animali. Quindi alla fine non ci fu bisogno di spiegare altro. Mio padre si alzò, mi prese per mano e andammo via a metà spettacolo. Al diavolo il circo, borbottò mentre uscivamo. Poi mi portò in una libreria e mi comprò un libro che parlava degli animali della savana, uno bello, che sicuramente costava più di due ingressi al circo. E andammo a sederci ai tavolini di una gelateria, ordinammo due gelati enormi e passammo il resto del pomeriggio a leggere il libro.

Manuela sorride.

– È un bel finale – dice.

– Non è ancora finito, quasi... di sera io avevo già dimenticato il nostro litigio, ma probabilmente mio padre ci pensava ancora e ci stava male, perché prima che io m'addormentassi venne a dirmi che a volte hanno ragione i bambini. Di solito no, disse, di solito i grandi sanno cosa devono fare per i loro figli, ma qualche volta può succedere che i grandi sbaglino... e quello era il suo modo per dire che gli dispiaceva... e insomma, anche io vorrei dirti che a volte uno crede di non fare nulla di male, ma sbaglia, e forse sbaglia perché ti vuole bene.

Ecco.

Ce l'ho fatta.

Ho detto anche la seconda cosa.

Prendo fiato, raccolgo un sasso e lo lancio in mare.

Sarebbe stato bello se fosse rimbalzato sei o sette volte sull'acqua.

Ci riesco, a volte.

Ma naturalmente soltanto quando sono da solo e non serve perché non posso fare bella figura con nessuno.

Invece ora fa *plof* e piomba giù.

Manuela è in piedi vicino a me col viso sollevato e sembra che stia aspettando che la baci.

Ma quale sarà la cosa giusta da fare?

E se si arrabbia per via del fidanzato?

– Avrei voglia di baciarti – dico. – Ma non vorrei sbagliare di nuovo. Non vorrei che tu mi dicessi quelle frasi tipo *hai rovinato la nostra amicizia* o magari *hai tradito la mia fiducia*... Comunque tu sicuramente sapresti qual è la cosa giusta da fare ora, le donne lo sanno sempre, noi uomini quasi mai.

– Esatto – dice sottovoce.

Poi si avvicina e mi bacia.

Alla fine l'ho detto a tutti, che voglio fare lo scrittore.

Mia madre ha sorriso e ha annuito.

Insomma, da non credere, sembravano contenti anche quando gli ho detto il tipo di storia che sto scrivendo...

– Serve per farti le ossa – ha detto mio padre. – Hai ventun anni, di che altro potresti scrivere?

Probabilmente se avesse completato il suo pensiero, avrebbe detto qualcosa sul fatto che avevo un sacco di tempo per scrivere libri *seri*.

– Nella nostra famiglia la scrittura è un po' come la marea – ha detto il nonno.

Si riferiva al fatto che da giovane mia nonna pubblicava racconti su una rivista femminile e che lui stesso scrive poesie, quindi è una roba di geni...

– Leggi Sepúlveda – ha suggerito mia madre.

– E Tabucchi – ha aggiunto mio padre.

– E Montale, e García Lorca – ha detto il nonno.

E il discorso è finito lì perché non c'era molto da dire, ma nel giro di un'ora mi sono ritrovato sul comodino una pila di libri che a turno mi avevano mollato i miei.

Le poesie di Montale e di Neruda, *Sostiene Pereira* di Tabucchi, *Il vecchio che leggeva romanzi d'amore* di Sepúlveda, e una serie di altri libri di vario genere, tra cui la biografia di García Lorca e romanzi di Howard Buten, Haruki Murakami, Arto Paasilinna, Olga Tokarczuk...

Ho iniziato con Sepúlveda e ho letto avidamente la storia.

– Ti è piaciuto? – mi ha chiesto mia madre quando le ho restituito il libro.

– Sì, ma se leggo questa roba, questi mostri della letteratura, mi viene istintivo fare il paragone con quello che scrivo io. Be', io non sono mica così...

– Certo che non sei così? Nessuno se l'aspetta. Volevo solo sapere se ti è piaciuto il libro – ha detto la mamma.

Okay.

Perché mi piace inventare storie e se qualcuno si diverte a leggere le cose che scrivo, sono contento.

Ma per ora finisce lì.

Ci ho riflettuto e mi sono fatto quest'idea di me stesso: più che uno scrittore sono una specie di un bardo.

Un narratore ambulante.

Un mezzo giullare.

Un trovatore dei nostri tempi.

Mestieri ormai praticamente scomparsi che avrei potuto sperimentare con l'entusiasmo della mia giovane età, se ancora esistessero.

Ma a questo punto mi assale un dubbio.

Posso ancora veramente dire di essere giovane?

Ventuno.

Non suona giovane come *quattordici.*

Sì, certo, non sono vecchio.

Ma quanto tempo mi resta prima che il mondo si giri di scatto verso di me, punti l'indice unghiuto della riprovazione e sibili cose tipo:

– cosa aspetti a mettere la testa a posto?
– non sei più un bambino;
– è ora di crescere;
– cercati un lavoro serio;
– metti su casa;
– fatti un orto;
– piantala con le puttanate!

Mio dio, a volte mi sembra di soffocare…

Se il coraggio e lo spirito d'avventura facessero parte del mio patrimonio genetico potrei partire con un sacco a pelo sulle spalle e qualche moneta in tasca (vedi barattolo di vetro) verso mondi ignoti.

Ma adoro dormire nel mio letto.

E l'idea di accamparmi al buio di sera mi terrorizza.

Inoltre al momento non credo di poter fare a meno della doccia quotidiana.

Scrivimi una canzone

Profilo del seduttore *BRILLANTE E DIVERTENTE*

Faccia pulita alla Hugh Grant.
Ottimista.
Ama la vita e il divertimento, ma non è superficiale.
Estroverso.
Oppure introverso.

"Chi non ride mai, non è una persona seria".

Lo ha detto Chopin, il poeta del pianoforte.

Questa frase mi piace, mi fa sentire affine col musicista franco-polacco e così decido di scoprire se per caso fosse un seduttore allegro che concupiva donzelle e copulava a suon di *allegri con fuoco* e *adagi sostenuti.*

Vado su Internet e cerco con avidità notizie su Fryderyk.

Studio il ritratto del bellimbusto e leggo le note biografiche.

Afflitto da tubercolosi.

Com'è che questi geni erano tutti malati e con vite incasinate?

Genio, sregolatezza e sfiga.

Be', allora preferisco essere un tipo normale, che magari spara cazzate, ma tiene sotto controllo le paturnie dell'età.

Comunque a un certo punto "Frydry" s'innamora di una scrittrice francese, George Sand, che è una tipa dura, una che si veste da uomo e fuma il sigaro in barba alle convenzioni dell'epoca. E a un certo altro punto lui e la Sand mollano Parigi e se ne vanno alle Baleari, nell'isola di Mallorca, e per un po' vivono in un posto chiamato Valdemossa.

Me li immagino che passeggiano tra le vigne, lei che scrive in giardino, lui che compone in una stanza inondata dal sole.

Ci sta che gli piacesse farsi due risate.

Uno dei quattro tempi del suo *Trio* s'intitola *Scherzo: con moto, ma non troppo.*

Ma ci sono anche un *allegro con fuoco*, un *adagio sostenuto*, e addirittura un *allegretto.*

Vado su un sito di musica e ascolto un *allegro vivace.*

Non è che di allegro ci sia molto.

Comunque se sono qui, alle due del mattino, che mi sbatto con i compositori e tutto il resto è perché lei mi ha raccontato una cosa e adesso io devo scriverle una canzone.

La storia che mi ha raccontato è piuttosto impressionante.

Riguarda il fatto che sta con il suo tipo, anche se non è più tanto sicura di starci bene.

Il succo è che lui una volta l'ha portata in palestra di notte, quando era chiusa e non c'era più nessuno. Si è messo la tuta, ha fatto un po' di riscaldamento, ha preparato il bilanciere che usa lui per allenarsi e lo ha caricato col peso massimo che sino a quel momento era riuscito a sollevare. Poi ci ha aggiunto altro peso e ha detto due parole. Dopo di che ha agguantato il bilanciere e con uno sforzo sovrumano lo ha sollevato.

E mentre Manuela parlava, io me lo sono immaginato tipo Sansone quando imbracciò le colonne del tempio a cui l'avevano legato i Filistei e con una smorfia di sofferenza le fece crollare.

Questa storia di Alex comunque assume un significato diverso se vi dico le due parole che lui le ha detto.

"Per te".

Niente male come regalo da fare alla propria donna, eh?

Alla fine del racconto io mi sentivo di merda.

– Non ce la faccio a sollevare più roba di lui, se è questo che hai in mente – ho detto.

Lei è scoppiata a ridere, peraltro in modo indelicatissimo, e ha detto che non le era mai passato per la mente di chiedermelo.

– Era solo per farti capire perché mi riesce difficile

mollarlo, anche se ormai so da un po' di tempo che tra noi non c'è più niente. Insomma non vorrei farlo star male adesso, visto che tra una settimana ha una gara importante...

Stava dicendomi ufficialmente che lo mollava.

– Comunque c'è una cosa che vorrei che tu facessi – ha detto con un sorriso malizioso.

E lì mi sono venute in mente quelle fiabe paurose in cui al pretendente della principessa viene chiesto di sconfiggere un orco gigantesco che divora crudi tutti gli innamorati incauti.

Ma lei ha detto:

– Scrivi una canzone per me.

– Una canzone?

– Sei uno scrittore, no?

– Ma che c'entra, non...

Stavo tirandomi indietro e non era affatto carino.

Una canzone contro un bilanciere.

Ci poteva stare.

– Tipo Hugh Grant nel film? – ho chiesto.

– Tipo.

– Vabbè, dài – ho detto. – La scrivo.

In fondo una canzone è meno brutta di un orco.

Così siamo passati a Chopin, che oltre a essere musicista, ha detto quella cosa sul ridere e mi ha fatto venire in mente che magari la seduco facendola divertire.

In fondo potrei essere me stesso, scriverle un racconto demenziale o raccontarle barzellette.

O magari la storia della mia vita…

Ma prima devo fare il musicista.

Adesso sono sdraiato in camera mia e sto facendo l'elenco mentale di tutti i gruppi e i cantautori che mi piacciono.

Solo che è un elenco che non finisce mai.

Parto dai Velvet Underground,
aggiungo la mitica Janis Joplin,
poi Crosby Nash Still & Young,
Bob Dylan,
Neil Young,
Bob Marley,
i Pink Floyd,
i Genesis,
i Jethro Tull,
i Led Zeppelin,
i Deep Purple,
i Traffic,
i Grateful Dead,
Cat Stevens,
i Santana,
i Talking Heads,
i Sigur Ros,
Luis Armstrong,
Barry White,
David Bowie,
David Sylvian,
Makamoto,

Joe Satriani,
Lou Reed,
Frank Zappa,
gli Smiths,
gli U2,
i Coldplay
gli Housemartins
i Tame Impala
i Temper Trap

Finisco con un gruppo italiano ancora poco conosciuto, l'orchestra di piazza Caricamento, una ethnoband che mescola giovani musicisti di tutto il mondo con risultati sorprendenti.

A chi posso ispirarmi?

Leggo la musica allo stesso modo in cui un dromedario balla sulle punte.

Cioè zero.

Ma ho un discreto senso del ritmo e me la cavo a suonare dei pezzi a orecchio.

Batteria, chitarra, persino il piano.

Ovviamente la musica le interessa meno delle parole.

Le donne sono così tremendamente fissate con i contenuti.

Ti chiedono mille volte cosa pensi, solo che a volte non stai pensando a niente di interessante e ti scoccia dire sempre "niente".

Quindi ora scriverò qualcosa denso di significato, traboccante di passione, ricco di sentimento...

~~*Cara amica*~~

No, non è un'amica, non va bene…

Cara ragazza?

Tremendo.

Lasciamo perdere lo sfruttatissimo *cara*…

~~*Vorrei che fossi qui*~~

No, non funziona, sembra che stia copiando pari pari *Wish you were here* dei Pink Floyd.

Ci vuole qualcosa di più originale.

~~*Il primo giorno che ti ho visto…*~~
~~*Il giorno che ti ho incontrato…*~~
~~*Quel treno che ci ha unito…*~~
~~*Il fato mi ha donato un incontro*~~
~~*Sono stato bene con te…*~~
~~*Sto bene con te…*~~
Insieme a te sto bene…

Ma non la cantava anche Battisti?

Ora le mando un SMS e le dico che ci rinuncio.

Ciao. Va bene anche una poesia? O vuoi proprio una canzone?

La sua risposta arriva dopo tre secondi netti.

Una poesia sarebbe il massimo…

Ma sono scemo?

Non so scrivere una canzone, perché diavolo le ho proposto la poesia?

Vabbè, devo cercare di essere meno negativo.

Qualcosa di poetico ci sarà pure dentro di me.

Si tratta solo di stanarlo.

Sgombro la mente e penso a lei…

Quello che ti volevo dire

Quello che ti volevo dire
vicino al ciliegio rosso
di gioia estiva,
è rimasto rinchiuso
in un cerchio di punti
equidistanti dal centro del mondo,
in una confusione sciocca
di parole senza suono,
in un momento del giorno
che non avevo la forza…

Avrei attinto a un linguaggio
di scienza e compassi,
componendo nuove parole…
…geomantiche?
…etimometriche?

Dirti volevo che siamo,
io e te,
angoli complementari
di massima ampiezza complessiva,
linee che intersecano
ogni punto loro,
ogni punto loro ansioso,
avidi segmenti,
consecutivi e adiacenti,
il cui comune luogo di origine è saldato a fiamma.

In silenzio, invece, sono rimasto,
pensando che il tempo avesse,
per amicizia,

fermato la terra,
sospeso a mezz'aria le secche foglie,
bloccato il respiro,
inceppato gli arti,
reso esitanti le mie labbra.

Una parola
ho cercato,
una parola sola,
modesta,
abusata,
obsoleta.

Ma tu stavi già andando
e la parola è rimasta
un silenzio che stordisce.

Cavoli, non è niente male!

Spedisco la poesia via mail e aspetto.

Ma lei non chiama.

A un tratto suona il cellulare e io penso che sia Manuela e invece è Arrigo.

– Abbiamo letto la roba che hai mandato...

– Non va bene? – chiedo un po' sulle spine.

– No, va benissimo – si affretta a dire. – C'è solo un po' di confusione. Nel profilo del surfista ci finisce il malaticcio, in quello del brillante il poeta sconvolto, ma crea un effetto che non ci dispiace.

So che vuole dire dell'altro, perciò aspetto.

E difatti aggiunge:

– L'unica cosa, e scusa se te lo dico, è che parli molto di cinema, di musica, di sentimenti, ma non c'è sesso. Neanche una parola, amico...

– La seduzione non è il sesso – rispondo scocciato. – Mi avete chiesto un manuale di seduzione, no? Se volete anche il manuale sul sesso se ne può parlare. Facciamo un altro contratto e appena finito questo libro mi metto al lavoro col secondo e ti faccio una carrellata enciclopedica di sesso. Dai Babilonesi alle Orche marine. Ho già il titolo: *Mille modi di trombare*...

– Ehi, non ti incazzare! Non voleva essere una critica...

– Be', lo sembrava.

– Ma no! Vai alla grande, amico. E quel titolo per il secondo volume, forse è un po' forte ma credo che potremmo spuntarla… ne parlo a mio padre e a mio zio e ti faccio sapere…

Poi ci salutiamo.

E io mi sento malissimo.

Perché pensavo che fosse chiaro che quello che sto scrivendo è qualcosa di comico.

Una parodia dei soliti manuali.

Questa cosa va chiarita.

Altrimenti restituisco i soldi e niente libro.

Anche perché nel frattempo ne ho iniziato un altro.

Uno che non mi è stato commissionato da nessuno.

Una cosa solo mia che scivola fluida come una chiatta su un fiume…

Il cellulare squilla di nuovo e questa volta è lei.

– Ho letto la poesia – dice.

– E?

– E mi piacerebbe sapere la parola che non sei riuscito a dire.

– Le parole sono due, ma per ragioni stilistiche ho dovuto scriverne una. Comunque il concetto è singolare. Cioè che mi piaci, e anche se esito a usare parole più… grosse, diciamo grosse… non è che non mi siano venute in mente… sono solo un po' prudente… molto prudente… scusa sto straparlando…

– Anche tu mi piaci.

– E Alex?

– Ci siamo mollati.

– Hai fatto bene. Non era il tuo tipo…

– E il mio tipo quale sarebbe? – dice.

Non posso vederla, ma so che sta sorridendo.

– Ne ho conosciuti un bel po' ultimamente – prosegue, – il guerriero freddoloso, l'artista sofferente, il surfista col mal di pancia…

– Il migliore deve ancora presentarsi.

– E cioè?

– Profilo *SII TE STESSO*.

– Quando me lo fai conoscere?

– Presto.

– Bene, non vedo l'ora.

– Ti va di conoscere un mio amico? Un tipo in gamba, si chiama Janakivallabh, ma lo puoi chiamare Alì.

– Certo che mi va.

– Bene, domani sera ci vediamo in pizzeria. Ti passo a prendere alle otto…

The Commitments

Profilo del seduttore ROCKETTARO

Capelli lunghi.
Aria sconvoltissima.
Jeans strappati e aderenti in modo pornografico.
Stivali tipo camperos o dr. martens, a seconda del rock proposto.
Ego enorme.
Un sacco di parole in inglese.

Ci sono dei film su cui non si discute.

Sono universali.

Ad esempio *Qualcuno volò sul nido del cuculo*.

Quando è uscito non ero nemmeno nato, ma i miei, cinefili incalliti, hanno il DVD e l'ho visto mezza dozzina di volte.

Per lo più tutti ricordano la grande interpretazione di Jack Nicholson ed è a lui che implicitamente attribuiscono ogni merito. Sì, Nicholson ha dato al film un'impronta inimitabile, ma sarebbe giusto ricordare anche il regista e l'autore del romanzo a cui il film si ispira – per la cronaca rispettivamente Miloš Forman e Ben Kesey.

Per quel che riguarda Kesey, ho letto che ha avuto una vita piuttosto movimentata.

Oltre a essere uno scrittore è stato anche un campione di lotta e nel 1966 fu arrestato per possesso di marijuana. Pare che nel tentativo di seminare la polizia, abbia inscenato un suicidio lasciando il mezzo su cui viaggiava vicino a una strada che dava su una scogliera, con un messaggio che recitava *Ocean ocean, I'll beat you in the end*, ovvero *Oceano oceano, alla fine mi scontro con te...*

Kesey raggiunse il Messico, nascosto nel baule dell'automobile di un amico ma quando successivamente tornò negli Stati Uniti fu arrestato e imprigionato per cinque mesi. Pare che abbia detto qualcosa sul fatto che l'idea di fuggire gli era stata suggerita durante una seduta spiritica...

Insomma, a volte la vita di questi scrittori è più inverosimile di quella dei personaggi che descrivono.

Comunque non riesco a parlare dei film che amo di più, nella guida per seduttori.

Probabilmente non riesco proprio a parlarne, a prescindere.

Le cose che direi potrebbero essere banali e non voglio blaterare a vanvera.

Però per il prossimo capitolo ho in mente un nuovo

personaggio con cui potrei stupire la Manu: il rockettaro.

Così mi lavo i capelli e me li asciugo spettinandoli.

Poi prendo un paio di jeans scoloriti e passo alla fase due del programma: *strappi strategici.*

Osservo soddisfatto tutte quelle lacerazioni di tessuto quando una voce alle mie spalle chiede:

– Che cazzo stai facendo con quei pantaloni?

È Ale.

– Santo cielo, Ale! Mi hai fatto prendere un colpo.

Ale è uno dei miei migliori amici e forse per questo si sente autorizzato a entrare in casa senza suonare il campanello, soprattutto da quando ha scoperto che teniamo una chiave di riserva sotto un vaso di salvia, in giardino.

– Stiamo andando in pizzeria – dice. – Vieni?

– Veramente avevo già fissato con Manu e Alì…

– Meglio. Ci andiamo tutti insieme…

Alla fine in pizzeria ci ritroviamo in otto: Manu, Alì, Eli, Luca, Melania, Ale, Debora e il sottoscritto.

Ci hanno sistemati in veranda e stiamo facendo un bel po' di casino, ma Alì ha l'aria divertita e sembra che anche Manu se la stia spassando.

Quando mi ha visto spuntare con il look da smandrappato si è messa a ridere.

Ma aveva una luce negli occhi che diceva delle cose belle.

– Hi, baby – l'ho salutata cercando di usare la voce roca, da assiduo fumatore di erba.

Il proprietario non dev'essere abituato ad avere bande

di giovinastri dalla risata sgangherata, ma la crisi economica ha spostato l'asse della cortesia degli imprenditori da *ti faccio azzannare dal pitbull* a *vuoi essere il mio amico del cuore?*

E comunque la pizza è buona e servono la Red Stripe, una birra jamaicana abbastanza introvabile che lega molto con il mio look da rock star.

– Lo sapevate che in Cina e in Giappone due che stanno insieme non si dicono "ti amo"? – dice Eli a un tratto.

– Ma che cazzo dici…

– No, davvero. Magari adesso i giovani lo fanno, ma fino a un po' di tempo fa non esisteva proprio.

– E cosa si dicono? – chiedo curioso.

– Non lo so. Una mia amica giapponese mi ha detto di non aver mai sentito i suoi genitori dirsi ti amo in tutta la sua vita.

– Magari i suoi sono fatti così, magari non si sopportano e non se lo dicono – riprende Eli alzando le spalle..

– No, è proprio un fatto culturale…

– Non esiste il verbo amare?

– Sì, quello esiste. Solo che non lo usano molto…

– E come fanno a esprimere i loro sentimenti? – chiede Manu.

– Non so, magari invitano la persona che amano a vedere un ciliegio in fiore. Da loro c'è questa festa, dove vanno a vedere i ciliegi in fiore…

– È bello pensare che ci sia qualcuno che è felice guardando una pianta – dice Ale, infilandosi in bocca un trancio enorme di pizza. – Qui da noi farebbero di cemento anche gli alberi…

– Un po' di mesi fa questa cosa è venuta fuori sui giornali. Mi pare che parlassero dei cinesi però – dice Eli. – E quello che mi ha dato fastidio era il modo superficiale in cui gli orientali venivano definite persone bloccate a livello di emozioni, incapaci di esprimere a parole i loro sentimenti. Ma è la loro cultura, no? Che cazzo c'entra se dici o non dici "ti amo"?

Poi, siccome ci sono degli equilibri da rispettare e noi stiamo pericolosamente alterandoli, con questi discorsi di amore e natura, mi volto verso Luca, che è un tipo grande e grosso, una specie di vichingo, e gli mormoro all'orecchio con voce profonda: – Non te l'ho mai detto prima, ma ora ho deciso di esprimere a parole ciò che sento per te: *I love you, you are my first, my last, my everything…*

– Vaffanculo.

Hook

Profilo del seduttore *PIRATA*

Abbigliamento eccentrico e variopinto.
Predilezione per le camicie bianche, con maniche a sbuffo, giacche di velluto e una fascia intorno alla testa.
Destrezza nell'uso di coltelli e archibugi.
Animale da compagnia: pappagallo.
Hobby: irrompere sulle navi nemiche per saccheggiarle.
Amante del buon rum.

Siamo sdraiati uno accanto all'altro su uno scoglio piatto e guardiamo il cielo che è strapieno di stelle. Le onde s'infrangono pigramente e ogni tanto uno spruzzo salato ci arriva sui piedi.

Se chiudo gli occhi sono un galeone pirata.

No, non un galeone.

Un agile vascello facile da tirare in secco e inclinare

per il carenaggio. E con poco pescaggio per potersi intrufolare tra le insenature...

– A cosa pensi? – mi chiede Manu.

– Ti ho appena salvata in uno scontro tra marina spagnola e bucanieri.

– E tu sei un pirata o un ufficiale?

– Un pirata, ovviamente...

– E io?

– Tu sei una donna pirata forte come una tigre.

– Come sono vestita?

– Hai una camicia svolazzante, un paio di pantaloni da pirata, di quelli larghi che arrivano al polpaccio, delle seducenti calze a righe orizzontali rosse e bianche e... e brandisci uno spadone...

Manuela ride e vedo di nuovo quella luce speciale.

Sono felice di essere io a farla ridere.

Sarei disposto a dire cazzate tutta la sera per vederla ridere così.

– Bevi come una spugna – proseguo – ma reggi bene il rum. E se qualcuno della ciurma ti manca di rispetto gli torci le dita della mano fino a farlo gemere di dolore...

Ride di nuovo.

– E tu? – chiede poi.

– E io? Io sono il tuo servo fedele...

– Mi piace. Come ci siamo conosciuti?

– Io ero stato messo alla gogna dalla regina per aver scritto versi a lei poco graditi. Il pubblico era pronto a lanciarmi sassi e uova marce, ma sei arrivata tu, insieme alla tua ciurma, e mi hai liberato. Siamo fuggiti sulla vostra nave pirata e da quel giorno ti ho giurato fedeltà eterna...

– Succedeva veramente?

– Cosa?

– Che ti mettessero alla gogna se avevi irritato il re?

– Certo che succedeva. Hai presente Daniel Defoe, quello di *Robinson Crusoe*? A lui è successo, ma i suoi amici gli hanno lanciato dei fiori e l'umiliazione si è trasformata in trionfo...

– Sai un sacco di cose. Devi essere uno che legge un sacco...

– Sì, un sacco di trafiletti della *Settimana enigmistica*.

– Ma smettila – dice, ridendo di nuovo.

– E la *Gazzetta dello sport*...

Perché ride? Sto dicendo la verità...

– Pensa a come doveva essere bello – dice diventando di colpo seria.

– Cosa?

– Salire su una nave e partire verso mondi sconosciuti...

– Non vorrei rovinare il tuo sogno a occhi aperti, ma la vita del pirata era tutt'altro che rose e fiori.

– ... di notte sdraiati sul ponte a guardare il cielo, cullati da un leggero dondolio...

– Intanto ti dovevi lavare la biancheria a mano.

– ... sole, cielo, mare, vento...

– E poi non si potevano far salire fanciulle a bordo.

– ... cantare a squarciagola...

– E le candele andavano spente alle otto.

– … andare in cerca di tesori…

– I tesori venivano accumulati depredando e saccheggiando altre navi.

– Oh, ma che barba! Perché di colpo non vuoi più essere il mio pirata?

– Ma sì, voglio…

– Sai qual è il tesoro più cercato al mondo?

– No.

– Quello dell'isola del cocco, in Perù.

– Dobbiamo andarci al più presto – dico.

– Persino la Nasa ha lanciato un satellite nello spazio per scrutare l'isola…

– Noi siamo meglio della Nasa.

– Puoi dirlo forte…

Quando sono tornato a casa mi sono seduto al computer con l'intenzione di continuare il libro, ma invece ho scritto un racconto per bambini che ho deciso di intitolare *Un lemming di nome Arrigo*.

Poi ho spedito una mail all'omonimo in carne e ossa con il file allegato, aggiungendo anche una breve presentazione.

Ciao Arrigo.
Hai voglia di dare un'occhiata a questo racconto per bambini?

Arrigo mi ha richiamato sul cellulare per dirmi che il

racconto è fighissimo, ma che loro non hanno una collana di libri per ragazzi.

Non sono sicuro che "fighissimo" sia l'aggettivo giusto con cui promuovere un libro per bambini, ma il suo entusiasmo sembra sincero e così ho provato a dire:

– Potreste lanciarne una ora, i bambini leggono un casino no?

– Forse. Ma senti, quella non era l'idea per un film di animazione?

– Sì, te ne ricordi? Per ora ho scritto la storia… Non ti dispiace se uso il tuo nome?

– Anzi, mi fa piacere. Ci vorrebbe un bravo illustratore…

– Ho un amico che disegna benissimo. Chiedo a lui?

– No, aspetta. Prima dobbiamo parlarne in redazione.

Lui e suo zio, da quanto ho capito…

– L'unica cosa che mi lascia perplesso – aggiunge – è la faccenda del lemming ubriaco. Nelle storie per i più piccoli non ci dovrebbe essere qualcosa tipo… che so, una morale?

– No. La morale è quella nelle favole. Fedro, Esopo, hai presente?

– Okay, ti faccio sapere.

Ho riletto con calma il racconto e sono sempre più convinto che sarebbe un bellissimo film d'animazione.

Più tardi ho telefonato a Manu e gli ho raccontato la trama.

– In sostanza c'è questo lemming che non ne vuole

proprio sapere di migrare e tenta di convincere gli animali della sua comunità a pianificare diversamente il numero delle nascite. Ogni quattro anni, quando il numero della loro comunità diventa esplosivo, i lemming iniziano la loro migrazione che si trasforma spesso in un suicidio di massa.

La comunità si divide tra i sostenitori di Arrigo e quelli fedeli ai vecchi capi villaggio.

Arrigo compila un elenco delle cose belle che si possono fare da vivi e tra queste inserisce la gara di rosicchiamento e la sbronza con gli amici. Alla fine i lemming fedeli ai vecchi capi partiranno in massa precipitandosi verso un dirupo nel quale precipiteranno, perdendo la vita. Gli altri daranno inizio a una nuova comunità di lemming coscienziosi, ai quali sarà concesso ubriacarsi solo una volta nell'arco della loro esistenza... e c'è anche una storia d'amore tra Arrigo e la bella Greta, figlia di uno dei capi che si oppongono alle proposte di Arrigo.

– Sembra una storia impegnativa per dei bambini piccoli...

– In realtà questo è quello che leggi tra le righe, ma la trama vera e propria è fatta di dialoghi molto semplici e ci sono un sacco di *grunf*, *snort*, *bump*, *toc*, *ciak*... parole così...

– Onomatopeiche...

– Sì, in pratica *nomi topeichi*, che con dei lemming vanno benissimo no?

– Assolutamente – ha detto ridendo. – Mandamelo...

Il pomeriggio dopo sono seduto nella sala d'attesa del dentista a testa china, come se mi stessi scrutando attentamente l'area del basso ventre e dei genitali. In realtà sto solo cercando di non far cadere lo sguardo sui manifesti appesi alle pareti: orribili riproduzioni di denti, dentature e dentiere di ogni specie.

Cazzo!

Ma perché un paziente, già in ansia per il proprio destino odontoiatrico, dovrebbe essere attratto dalla foto del molare di Polifemo?

Non contento di accerchiare i clienti con le sue gigantografie da film dell'orrore, il mago dei trapani ha riempito la stanza di oggetti raccapriccianti, che rivelano influenze estetiche della scuola di Dracula.

C'è persino uno sgabello in plastica a forma di molare gigante.

Non avrei dovuto infilare il profilo del seduttore pirata nel mio libro. Inconsapevolmente potrei aver evocato sorrisi sdentati, mascelle sgangherate, bocche con un unico dente minaccioso…

Aiutooo!

Seduti al mio fianco ci sono due adolescenti che hanno un fisico di lottatori di sumo.

Probabilmente fratelli, a giudicare dalla vaga somiglianza.

O forse gemelli dizigoti.

Si sono subito isolati nel loro mondo di videogiochi con cuffiette inversamente proporzionali alle dimensioni delle loro orecchie. Ogni volta che devono comunicare tra loro, invece di spostare l'auricolare e parlare a un tono di voce ragionevole, strepitano le loro frasi con picchi da inquinamento acustico grave.

Avrei tanto bisogno di fare un po' di training autogeno per calmarmi.

Potrei addirittura pregare.

Ma le due creature mitologiche m'impediscono ogni tipo di concentrazione.

– Come si fa per saltare il fossato? – chiede Maciste a Sansone.

Sansone si stringe nelle spalle.

Non lo sa.

Conosco quel videogioco, conosco il trucco del fossato, e quello della palizzata, e anche quello che serve a parare le palle di fuoco.

Ma non ve lo dirò mai.

In quel preciso istante si apre una porta e si affaccia una giovane donna bionda che pronuncia il mio cognome.

Per un attimo sono tentato di fingere di non essere io.

Mi guardo anche un po' intorno con la faccia di uno che non ha niente a che vedere con la persona convocata.

Ma la seconda volta che mi chiama, cedo miseramente e annuisco abbozzando un sorriso falso e tristissimo.

Facendo appello a tutto il coraggio di cui dispongo entro nella stanza delle torture – un luogo asetticissimo in cui la combinazione di trapani e lettino mi causa prima un capogiro e subito dopo un attacco di panico.

– Venga – mi dice la voce dell'assistente, passandomi un enorme tovagliolo intorno alla gola, neanche avessi due anni e dovessi pasticciare col gelato. – Si accomodi sulla poltrona...

La chiama "poltrona" ma sappiamo entrambi che è un letto.

Difatti mi accomodo e subito, con un sorriso di malcelata goduria, la tipa abbassa lo schienale e io mi ritrovo alla mercé del barbaro che è appena entrato.

Il dentista, presumo, visto che il volto coperto dalla mascherina verde al momento è irriconoscibile.

Mi sventola la panoramica sotto il naso e dice: – Come immaginavo il dente del giudizio è coricato...

So cosa sta per dire.

Che dovranno tagliare la gengiva e asportarlo.

Mio dio!

Perché?

Ecco la punizione per il mio atteggiamento poco amichevole verso i gemelli diversi.

Ma forse posso ancora rimediare.

Una parola pulsa luminosa come una visione mistica: redenzione.

– Devo uscire un secondo – dico schizzando in piedi e strappandomi il bavaglino. – Devo andare in bagno.

I due titani sono ancora lì che armeggiano con i loro videogiochi infliggendo colpi crudeli ai loro arnesi tecnologici.

Mi siedo vicino a loro e senza perdermi in preamboli gli spiego velocemente i trucchi per aggirare gli ostacoli.

I due fanciulloni mi fissano come se fossi uscito direttamente da un rifugio segreto dei templari.

Annuiscono lentamente a tempo, come due nuotatrici di sincronizzato.

Io torno dentro e dico al dentista se può riguardare la lastra.

Magari si è sbagliato, dico.

E ci credo così tanto, che il poveraccio inforca gli occhiali e osserva nuovamente e attentamente ciò che già conosce.

– No, guardi qua – dice. – Il dente è proprio orizzontale. Ma lei è giovane e potrebbe raddrizzarsi da solo. Aspettiamo e vediamo che succede…

– Aspettiamo? Quindi non devo operarmi? – chiedo, acchiappando da solo un tovagliolone e posandomelo sotto al mento in modo servizievole e grato.

– No, no, non è il caso…

– Lo sa che ai lemming i denti continuano a crescere tutta la vita? – dico tanto per fargli credere che l'argomento "zanne" mi prenda di brutto.

– Sì, certo! Gli incisivi! – dice illuminandosi.

E inizia a raccontarmi storie dell'orrore su certe dentiere medievali che venivano composte con denti di cadaveri.

In un altro momento avrei le budella attorcigliate dallo

schifo, ma in questo momento lo ascolto lieto e beato come un monaco buddista.

Alla fine mi saluta e mi accompagna alla porta.

Vorrei dirgli qualcosa di carino ma non so cosa.

Forse più tardi gli manderò dei fiori…

Siberian trip

Profilo del seduttore COSACCO

Tipo che ama la vita on the road.
Seminomade bellicoso.
Vive di caccia, pesca e non disdegna il ballo acrobatico.
Musica: inni e canti a due voci.
Strumenti: campanelle di legno, fisarmonica e percussioni.

Secondo una leggenda, dopo aver creato la Siberia, Dio decise di andarsene un po' in volo sopra la regione per dare un'occhiata al lavoro che aveva fatto, ma il volo fu talmente lungo e faticoso che a un certo punto dalle sue mani intorpidite dal freddo caddero inestimabili ricchezze.

Così per impedire che gli uomini se le portassero via, Dio coprì tutto con uno spesso strato di ghiaccio.

La Siberia ha un'estensione di 9.653.000 chilometri quadrati.

Circa 32 volte quella dell'Italia.

Tre volte quella dell'India.

Una persona senza telefono e senza Internet laggiù deve sentirsi molto sola.

Uno può anche dire, okay, adesso inizio a camminare e vediamo dove arrivo.

Diciamo che fa 20 chilometri al giorno a piedi.

E diciamo che non parte proprio dall'estremità opposta al luogo verso il quale è diretto.

Supponiamo che si trovi a Novokuzneck, la città fondata dai Cosacchi – che è a 3.120 chilometri da Mosca.

In 156 giorni potrebbe farcela ad arrivare.

Se poi fosse a Omsk, la città in cui fu mandato in esilio Dostoevskij, sarebbe anche più facile: 2.589 chilometri da Mosca.

Ovvero 129 giorni di marcia a piedi.

Quattro mesi.

Tuttavia dobbiamo tener conto del fatto che la temperatura annua media da quelle parti è di zero gradi.

Con cali verso il basso che possono arrivare a meno trentacinque gradi.

Per quanto uno si copra bene e sia resistente al freddo, bisognerebbe aspettare la primavera inoltrata prima di mettersi in viaggio.

E avere una mappa e una bussola.

E del cibo.

E un paio di scarpe buone.

Forse Fiodry ci aveva pensato a scappare, ma poi si è

guardato le scarpe, i vestiti che aveva addosso e ha capito che non ce l'avrebbe fatta.

Così ha iniziato ad aspettare.

E scriveva.

Perché quando si scrive si viaggia più in fretta.

La mente vortica da un luogo all'altro.

Da un volto all'altro.

E le dita seguono il viaggio della mente e tentano di riportarlo altrettanto in fretta sulla carta.

C'è un legame strettissimo tra la mente dello scrittore e le sue mani.

Le mani non pensano, ma fanno volare la penna sul foglio tracciando i segni della lingua con una sorprendente sicurezza.

Oppure, ancor più velocemente, corrono da un tasto all'altro, componendo parole che arrivano da qualche luogo dentro di lui.

Scrivere comporta una serie di operazioni, tra cui dare una forma narrativa all'idea, scegliere le parole di questa narrazione, comporre ogni parola con segni adeguati.

Comunque la mia idea adesso sarebbe quella di compiere il viaggio verso Omsk partendo da Mosca con la Transiberiana.

E vedere un po' come me la cavo su un treno che sta anche tre giorni senza fare soste.

Non è solo l'idea del paesaggio che mi attira.

Anche se il lago Bajkal dev'essere uno spettacolo.

Le sue acque costituiscono circa il venti per cento delle riserve d'acqua dolce del pianeta e molte tribù siberiane lo considerano il mare sacro.

Si dice che riflettendosi sulla superficie delle sue acque si può leggere il proprio destino.

E i russi dicono che soltanto sul Bajkal in autunno, un uomo impara a pregare con il cuore.

Non so perché mi affascinano queste cose.

A me i posti freddi nemmeno piacciono.

Secondo una leggenda la madre di Gengis Khan nacque nel villaggio di Barguzin, sulla riva orientale del lago, e faceva parte del popolo dei Buriati.

Oggi i Buriati d'inverno attraversano il lago ghiacciato con i camion per accorciare la distanza fra le città di Irkutsk e Ulan Ude, anche se è pericoloso.

Per questa ragione non farò mai l'autostop da quelle parti.

Capita che magari mi tira su uno di questi tipi dai tratti asiatici e le palle indurite dal gelo, e che nel suo dialetto russo, a me totalmente ignoto, dica qualcosa tipo: *amico, ora ti faccio fare una cosa che nel tuo paese non avrai sicuramente mai fatto. Ti faccio passare col camion sul lago Bajkal. Non c'è da aver paura… Il ghiaccio in questa stagione sarà spesso almeno un metro.*

E me lo immagino mentre guarda la mia espressione da idiota cordiale, e se la ride con la sua dentatura a buchi, e intanto pigia il piede sull'acceleratore di un vecchio camioncino Kamaz.

L'idea di salire su un treno della transiberiana ce l'ho da un po'.

È per questo motivo che so quelle cose su Fiodry e sul lago.

D'altro canto dopo aver letto un po' di roba su Chopin, m'è venuta anche voglia di andare a Mallorca e vedere questa casa dove si era ritirato per un paio d'anni.

Viaggiare costa, ma ci sono molti libri che aspettano di essere scritti e molti panini da preparare.

Prima di addormentarmi la chiamo.

– Ciao – risponde con voce assonnata.

– Volevo chiederti due cose...

– Dimmi.

– Se un giorno decido di andare sulla transiberiana a vedere il lago Bajkal, vieni con me?

– E dov'è questo lago?

– In Siberia.

– Dev'essere freddo da quelle parti...

– Abbastanza. Comunque è una cosa a cui devo pensare bene. Magari ci vado tra sei anni. O magari non ci vado affatto, boh...

– Okay, allora ne riparliamo tra sei anni.

– È che sto scrivendo un libro... non quello del seduttore, un altro. Ed è legato al viaggio in Siberia.

– Come si intitola?

– La fuga di Dostoevskij.

– Di cosa parla?

– Di lui che progetta nei minimi dettagli un piano per fuggire dalla Siberia…

– E ce la fa?

– Non sono ancora arrivato alla fine… ma per quest'anno invece ho in mente un viaggio più corto, magari a fine agosto.

– Dove?

– A Mallorca, in un posto un po' all'interno che si chiama Valdemossa.

– Vuoi vedere la casa di Chopin?

– Come fai a…

– Faccio il conservatorio, qualcosa studiamo anche noi.

– Giusto, non ci avevo pensato.

– Ci vai con… sì, insomma, l'hai progettato con qualcuno?

– Con te, se vieni. Questa è la seconda cosa che volevo chiederti.

– Scriverai un libro anche su Chopin?

– Può darsi…

– Mi piacerebbe. Forse però dovremmo parlarne domani. Sono le tre e un quarto di notte…

– Okay, è che non ce la facevo a non dirtelo subito. Domani non arrivava mai… scusa se ti ho svegliato.

– Non importa, tanto mi riaddormento subito…

– Buona notte.

– Buona notte anche a te.

Non gliel'ho detto che ho immaginato lei che compone musica, come Chopin, mentre io scrivo racconti, come la Sand, sotto il pergolato in pietra di qualche alberghetto.

Fa troppo sdolcinato.

Ho letto che l'unione astronomica internazionale ha battezzato col nome di Dostoevskij un cratere del pianeta Mercurio.

Una voragine gigantesca con un diametro di oltre 430 chilometri.

Gli hanno dedicato un cazzo di buco su un pianeta lontanissimo che ha la superficie disseminata di cavità.

Come se io dedicassi un buco del gruviera a mio nonno.

Mi ci vedo.

– Ehi, nonno. Ho deciso di dedicarti questo buco nel formaggio, che te ne pare? Sei contento?

Mio nonno alzerebbe il dito medio e finirebbe lì.

Ma non potevano dedicargli una stella?

O una montagna?

O un fiore?

O un insetto della foresta amazzonica?

Comunque, per tornare a Fiodry, immagino che l'idea del cratere col suo nome gli abbia dato i brividi.

Ma che libri leggono questi tizi della comunità scientifica?, si è sicuramente chiesto, chiudendo stancamente la *Gazzetta del paradiso.*

Poi, cercando di vedere se da quell'osceno riconoscimento poteva ricavare qualcosa, ha proposto a Dio una specie di baratto.

– Hai presente quel buco su Mercurio che porta il mio nome?

– Certo, parli del cratere a 44,95° di latitudine sud e 176,24° di longitudine ovest…

– Esatto. Ti andrebbe uno scambio? Ti prendi il cratere e in cambio mi procuri diecimila fiches per quella vacanza a Montecarlo…

– Fiodry, quel cratere è già mio…

– Ma…

– Tutto quello che vedi è opera mia e ne posso disporre a mio piacere…

– E le cose create dagli uomini? Quelle non sono opera tua…

– Si tratta per lo più di puttanate…

– E i miei libri? Quelli non me li hai suggeriti tu…

– Sì, ma ti ho fatto soffrire un bel po', amico. Di modo che tu spremessi arte dal tuo dolore. Facci caso, la maggior parte dei grandi artisti ha avuto vite di merda. Van Gogh, García Lorca, John Keats, Paul Verlaine…

– Mozart era un genio della musica sin da piccolo…

– Anticipo punti…

– Quindi sei il capo di tutto.

– Yes.

– E sei anche nel consiglio d'amministrazione delle società multinazionali che stanno distruggendo il pianeta?

– Non presenzio fisicamente, ma diciamo che potrei esserci…

– Ti rendi conto delle tue responsabilità?

A quel punto Dio si gratta la barba pensoso.

(Sì, lo so che l'immagine di Dio con la barba bianca e con una lunga tunica luminosa è un po' infantile, ma sono pronto a scommetterci che è proprio così che se ne va in giro, quell'irriducibile hippy.)

Poi Dio dice:

– C'è il libero arbitrio, no?

– E quelli che nascono poveri e muoiono poveri? Il loro arbitrio dov'è? E dire che c'è stato persino un periodo in cui credevo in Dio…

– Non è il caso di metterla così.

– E gli animali che vengono torturati e perseguitati dall'uomo? Che possibilità di scelta hanno, loro?

– Okay, okay. Non sono più giovane come un tempo e alla mia età a volte le cose ti sfuggono di mano, figliolo…

– Cazzate. Diciamo che ti sei rammollito, con la tecnologia e i lussi con cui ti sei trastullato negli ultimi anni…

– Sono pur sempre quello che ha creato la Terra, gli uomini, le donne, le bestie…

– E visto che siamo in tema, è un po' che te lo voglio dire. Dici di aver dispensato sofferenza affinché dessimo il meglio di noi stessi, ma quando si è trattato di te, hai mandato un altro tipo al posto tuo, e poi ti sei inventato la storia della santa trinità…

– Oh, insomma, basta! Cosa vuoi da me?

– Voglio che ce la giochiamo ai dadi. Se vinci tu, resta tutto come prima. Se vinco io, voglio che sulla Terra le cose cambino. Voglio che gli ultimi siano davvero i primi, che gli animali siano trattati con rispetto, che le ricchezze siano redistribuite in modo equo, che il pianeta torni a essere un luogo pulito. E che la Russia vinca i prossimi mondiali di calcio...

Alì mi ha parlato di una gara che fanno tutti gli anni in un locale di Genova.

– È una gara di cucina al contrario – ha detto con aria divertita.

– In che senso?

– Vince chi prepara il piatto meno buono...

– Che senso ha?

– Senso di creatività.

– Non ci vuole niente a creare un piatto schifoso...

– Gli ingredienti devono essere ottimi. Non vale usare uova marce o verdura vecchia... Tutti portano un solo ingrediente a loro scelta e poi con altre cose che mette a disposizione il locale, tu cucini il tuo piatto sul momento sotto gli occhi di tutti.

– E chi assaggia?

Alì ride.

– Nessuno assaggia. Guardano e tu spieghi gli ingredienti e il procedimento... ti ho iscritto...

– Grazie della fiducia, Alì. Che cosa vorresti dire?

– Ti ho visto fare il panino fantasia quando lavoravamo. Hai messo pomodorini, rucola e crema di nocciole.

– Ti assicuro che è buonissimo. Continuo a non capire lo scopo, comunque...

– La gente si diverte. Quello è lo scopo principale. Il primo anno è nata un po' come scherzo. Qualcuno ha portato come piatto una sola foglia di basilico spruzzata con aceto balsamico, altri hanno affettato del pane e l'hanno disposto a raggera nel piatto. E tutti questi piatti avevano nomi molto complicati tipo *Foglia di basilico che nel tardo autunno invoca piogge balsamiche...*

Inizio a capire.

– Quello che preparano le nostre madri, le nostre zie, le nostre nonne è spesso di gran lunga migliore di quello che mangio al ristorante – prosegue Alì. – Ma mia madre non si mette un cappello enorme in testa e non si fa chiamare chef...

Penso a mia nonna che lavorava ore per preparare i ravioli.

– Okay – dico. – Ci vado. Ma tu mi fai da secondo. Il piatto ce l'ho già in mente...

– Vedi?

– È una cosa che ho fatto qualche mese fa, una sera in cui i miei erano usciti e io avevo deciso di non ordinare la solita pizza da asporto.

– Cos'hai preparato?

– Deve restare un segreto sino al gran momento. Ti dirò solo che in quell'occasione ho coniato l'espressione "Santa Pizza d'Asporto".

Quando sono arrivato a casa ho usato un programma per modificare le immagini e mi sono piazzato in testa un grosso cappello da cuoco. Poi ho aggiunto un paio di baffi alla Johnny Depp e ho salvato la foto del mio nuovo me, seduttore.

Ho mandato la foto a Manu e le ho scritto un messaggio in cui le spiegavo della gara.

Dopo una decina di minuti mi è arrivata la foto di un barattolo bianco e giallo con la didascalia: *ma quanto è buona la citrosodina?*

Ho subito risposto:

Dio! Ma siamo gemelli monozigoti? Adoro la citrosodina...

Nessun accenno alla gara.

Probabilmente ha creduto che fosse uno scherzo.

Sarà il mese prossimo. Ti sedurrò lanciando per aria le padelle...

In realtà non riesco a immaginarmi che avanzo con andatura sciolta, sorriso disinvolto e sguardo penetrante, mentre indosso un vestito da cuoco e reggo una pentola fumante di risotto.

E poi, lo ammetto, la cucina non è il mio forte...

Certo, mi piace un sacco mangiare.

Diciamo che nella scala dei miei piaceri è al secondo posto.

E quindi verrebbe da credere ch'io sia anche un mago dei fornelli.

Ma non funziona così.

C'è chi ama la musica e non sa suonare nemmeno un gong.

E ci sono lettori appassionati che non hanno nessun talento per la scrittura.

Devo assolutamente trovare un film con un cuoco attraente come protagonista.

Ratatouille

Profilo del seduttore *CUOCO*

Bello e un po' sprezzante nei confronti di chi fa
impazzire la maionese o fa sgonfiare il soufflé.
Veste di bianco abbagliante.
(Qualcuno potrebbe addirittura avanzare l'ipotesi
che sia la versione moderna di Dio in terra).
Musica: classica e jazz.
Interessi: ciclo delle verdure, mercati della frutta,
vigne e uliveti.
Gira a cavallo o a piedi con una sporta a tracolla,
da cui spuntano mazzi di sedano.
Braccia robuste e carattere deciso.
Le donne impazziscono per i suoi dolci.

Stasera i miei sono invitati a cena da una coppia di loro amici.

Appena l'ho saputo ho chiesto a Manu se le sarebbe piaciuto essere presa per la gola – metaforicamente parlando, s'intende – e visto che sembrava gradire, abbiamo fissato che passassi a prenderla verso le sette e mezza.

– So che le otto avrebbe fatto più figo – le ho detto al telefono. – Ma devo ancora preparare la cena e preferisco essere previdente.

– Anche perché quando dici "ti passo a prendere", immagino tu intenda dire a piedi.

– Esatto.

– E da casa tua alla mia c'è almeno un quarto d'ora.

– Dieci minuti, se la facciamo di corsa...

– Di corsa? Per farmi correre devi preparare qualcosa che mi faccia davvero impazzire.

– Pizza da asporto?

– Hai detto che avresti cucinato...

Così poco prima dell'orario stabilito mi sono disegnato un paio di baffetti sottili e nerissimi sopra il labbro, ho indossato una camicia bianca e sono uscito per andare a comprare un cappello da cuoco nel negozio dei costumi da carnevale. L'unico cappello che avevano era in cartone rigido e con l'elastico sotto il mento, una cosa da bambini piccoli. L'ho preso e l'ho subito indossato. La proprietaria mi guardava in modo strano, come se stesse progettando di lanciarmi una freccia avvelenata o di farmi lo sgambetto. Tanto per allentare la tensione le ho detto che dovevo preparare una cena per la mia ragazza.

– E a lei piacciono i travestimenti? – mi ha chiesto con aria annoiata, alzando un sopracciglio.

– Esatto – ho risposto e sono uscito.

Ma una volta fuori dal negozio ci ho ripensato.

Alludeva a quei travestimenti?

Così sono tornato indietro.

– Cosa voleva dire? – le ho chiesto.

– In che senso?

– Intendeva travestimenti o *travestimenti*?

– Travestimenti – ha detto lei con voce piatta.

– Ah, perché di quello si tratta. Niente di più... di più...

La parola non mi veniva e lei mi ha interrotto chiedendomi se volevo anche una maschera da Pluto.

A quel punto, sempre col mio cappello di cartone in testa, le ho chiesto se per caso avesse mai lavorato nelle televendite.

– No, perché?

– Per caso non ha un'amica che fa quel lavoro?

– Non conosco nessuno che faccia quel lavoro.

– E non va in giro a rigare le macchine col cacciavite?

– Ehi, come si permette?

– Mi scusi, è che ha proprio quello stile...

– Che stile?

– Lo stile del cacciavite. Stia attenta o potrebbe ritrovarsi molto presto a uccidere i gatti dei vicini e a bucare i palloncini dei bambini piccoli.

– Lei è pazzo.

Le ho sorriso amichevolmente e me ne sono andato ostentando con fierezza il mio cappello di carta e i miei nuovi baffetti.

Be', se proprio non devo più raccontare balle, allora dirò che la cena è stata una vera schifezza.

Ma non è solo colpa mia.

La prima cosa che ho notato entrando in cucina era il frigorifero vuoto, con lo sportello aperto, il cavo staccato e un foglietto con un messaggio di mia madre incollato al tavolo.

Ho sbrinato il frigo.

Tutto lì.

Niente su dove fossero finite le scorte (peraltro sempre piuttosto esigue) di alimenti.

Nessun suggerimento su come cibarmi.

Nulla su come sopravvivere fino al loro ritorno.

Non volevo disturbare la loro serata fuori, ma quando ho visto che i mobiletti della cucina erano tirati a lucido, riordinati, ma pieni di inutili vasetti di spezie, lucide bottiglie di vino, tisane dalle scatole fiche e almeno tre tipi diversi di zucchero di canna, nonché fruttosio e sciroppo d'agave, ho preso il telefono e ho chiamato mia madre.

– Ho fatto pulizia – mi ha spiegato. – Tranquillo, domani vado a fare la spesa. Ora ti devo lasciare perché stiamo facendo il Karaoke e tocca a me...

Il Karaoke?

Ero come Robinson Crusoe sull'isola deserta senza la minima idea di come si costruisce una capanna e lei mi mollava per il Karaoke?

Ma era colpa mia, ovviamente.

Non si invita una persona a casa senza controllare che in casa ci sia quello che serve.

– Mia madre ha sbrinato il frigo – ho detto dispiaciuto.

– Vedo...

– Ti andrebbe pane e marmellata?

Ho tirato fuori alcuni vasetti, ma appena ho iniziato a leggere le etichette mi sono sentito perduto.

Confettura di melanzane e arance.
Confettura di mele, barbabietola e uvetta.
Marmellata di fichi e zenzero.

Dov'erano finite le normali marmellate di albicocche?

– Magari prima ci facciamo due uova – ha proposto Manu.

– Non ci sono – ho detto.

Poi ho aperto uno sportello e ho aggiunto: – E non c'è nemmeno il pane. Ci sono solo dei crackers senza sale.

– Due pizze da asporto?

– Facciamo quattro – ho risposto rallegrato all'idea di tanto cibo nel piatto.

Non riuscivo a capire.

Perché liberarsi delle uova?

Che nesso c'era tra sbrinare il frigo e non comprare il pane per il figlio affamato?

Quando è arrivato il tizio delle pizze avevo ancora il cappello di carta in testa ed è stato lì che ho capito che quel copricapo era maledetto.

Probabilmente la tipa del negozio lo aveva cosparso di polvere di sfiga, prima di venderlo, perché le pizze erano fredde e mezze bruciacchiate.

(Una combinazione che mi provoca un fastidio enorme, superata solo dalle pizze bruciacchiate su cui qualcuno ha inavvertitamente rovesciato un bicchiere d'acqua.)

– Facciamo un brindisi? – ha detto Manu, che sembrava allegra nonostante la *maledizione del cappello*.

E ha sollevato il suo bicchiere di minerale.

– Attenta a non rovesciarlo – le ho detto, protendendomi col corpo per difendere le pizze.

– Hai davvero uno strano rapporto col cibo… protettivo, quasi.

– Un rapporto meraviglioso, vorrai dire. Conosci quel detto? Mangia per vivere e non vivere per mangiare? Non sono sicuro di condividerlo…

Manu si è messa a ridere, i nostri bicchieri hanno tintinnato e io ho strappato il cappello e l'ho gettato in giardino.

Poi abbiamo assalito le pizze.

E fin qui poteva ancora filare.

Insomma, eravamo insieme, sparavamo un sacco di stronzate e ci stavamo divertendo.

Come dicevo, fin qui poteva filare.

Poi il mio cellulare si è messo a squillare.

Ho risposto e ho sentito la voce di mio padre farmi una domanda priva di senso.

– Possiamo salire?

– Papà?

– Sì…

– Dove siete?

– Qui sotto, seduti in macchina. Possiamo salire?

Erano le undici e un quarto.

Cosa diavolo facevano già a casa?

E, soprattutto, perché mi chiedeva se poteva salire in casa sua?

I miei sono venuti su, si sono presentati e mia madre ha avuto la sfrontatezza di dirmi:

– Le hai offerto qualcosa?

– Sì, una delle cinque torte che hai lasciato sul tavolo.

– Sul tavolo non c'era niente.

– Già. E nemmeno nel frigo e nei mobiletti, se si escludono svariati zuccheri marroni dall'aspetto grumoso e raccapricciante e una serie di marmellate che farebbero passare la fame a un greezly.

La mia voce suonava ostile.

Non perdono facilmente chi cerca di farmi morire di fame.

E poi perché si erano infilati nella nostra serata?

Erano venuti a casa prima del previsto per spiarmi?

– Come mai siete già qui?

– Sonia aveva sonno – ha detto mio padre, mentendo con disinvoltura.

Ero davvero pieno di risentimento nei loro confronti: frigo vuoto e invasione della mia vita privata.

– Okay, noi usciamo – ho detto, schizzando verso la porta.

Volevo fare il superiore e non dire nulla, ma alla fine non ho resistito.

– La prossima volta che sbrini il frigo, dimmelo prima. Abbiamo sofferto la fame qui…

– Ma c'erano un sacco di cose per voi – ha detto la mamma, aprendo le porte di una credenza con vetrinetta che vedevo per la prima volta in quel momento e nella quale erano stipate derrate alimentari sufficienti a sfamare quattrocento persone.

– Ti piace? – mi ha chiesto illuminandosi tutta, come se invece di un banale mobiletto, mi avesse mostrato una sacca piena di denaro.

Perché le madri fanno certe domande?

Perché avrebbe dovuto piacermi una credenza?

Ho alzato le spalle mentre Manu si sperticava in complimenti.

Odio questi momenti.

– Ho comprato anche quello – ha aggiunto indicando una cosa di vimini bianco con dei cassetti, che aveva piazzato vicino alla porta d'ingresso.

– Cos'è?

– Una scarpiera.

– Tua madre pensa che le nostre scarpe possano entrare lì dentro – ha detto mio padre ridacchiando.

– Le mie ci stanno comodamente – ha risposto ma', infilando i suoi sandali dentro a uno di quei cassettini.

– Le mie no – ho detto. E ho avvicinato un piede al mobile per darle un'idea approssimativa di cosa sia un quarantasei di piede.

– Perché ti compri scarpe così grosse? – ha chiesto mia madre.

Ero allibito.

– Vuoi che prenda un numero in meno per farle entrare in quei cassetti?

– Non dire sciocchezze. Però potresti comprare scarpe di tela.

– Di tela? – ho ripetuto.

Stava scherzando?

– Che c'è di male? Sono fresche e leggere…

– E poi magari spingo un carretto di legno e vado a vendere un po' di quelle strane marmellate in giro per il mondo…

Manu e i miei genitori si sono messi a ridere.

Al che mi sono affrettato a uscire, trascinando via Manu.

Perché quell'atmosfera da famigliola felice era pericolosissima.

Di quel passo la domenica dopo mi avrebbero proposto di andare tutti e quattro a fare un pic-nic.

Immagine terrificante.

– Mi dispiace – le ho detto fuori, mentre la riaccompagnavo a casa.

A piedi.

– Di cosa?

– Di tutto, la cena, l'invasione dei miei…

– Ma di che parli? Mi ha fatto piacere conoscerli. E poi è casa loro, no?

– Comunque prima che arrivassero stavo per chiederti una cosa…

– Di sposarti, immagino – dice sorridendo.

Sta dicendo sul serio o è una battuta?

– Di sposarti? – ripeto incerto.

– Smetti di tremare, stavo scherzando…

– No, no, ci si potrebbe pensare, magari tra un po' di anni…

– Mai dire mai, no?

– Già – dico.

Per un po' camminiamo in silenzio.

Meditabondi.

(Che è una parola che aspettavo da un po' di usare e ora ne approfitto.)

– Comunque volevo chiederti su cosa faresti un film, se potessi scegliere…

– Una sceneggiatura? Non saprei, forse sulle donne che in passato volevano dedicarsi alla musica e non potevano…

– Che c'era di male nel suonare un pianoforte?

– Nel Seicento la musica era considerata strumento di perdizione e di lascivia. Ma no, forse verrebbe fuori una cosa noiosa. E tu?

– Io ho mille soggetti in mente…

– E allora perché non inizi a scrivere una storia?

– Non so da che parte cominciare, non l'ho mai fatto…

– Vai su Wikipedia e cerchi "sceneggiatura".

– Forse un giorno lo farò. Ho già un titolo in mente… *La fuga di Dostoevskij*.

Ma prima devo documentarmi per bene e leggere le sue opere.

Delitto e castigo sarà almeno quattrocento pagine – per citarne uno a caso.

Ma perché non sono rimasto affascinato dalla storia di qualcun altro?

Avrei potuto scrivere *La fuga di Paperino* e me la sarei cavata con letture facili e veloci.

What's up doc? (celebre frase di Bugs Bunny)

Profilo del seduttore *SII TE STESSO*

Dato il carattere mutevole dell'esser se stessi, lascerei aperte varie possibilità.
Nessun cliché.

Non sono mai stato pessimista.

Mai girato l'angolo in punta di piedi per timore che le insidie della vita fossero in agguato.

Così sono totalmente inconsapevole e fiducioso mentre vado a casa di Manuela.

Ed è questo mio eterno atteggiamento positivo che rende l'incidente ancor più surreale.

Anche se non è onesto definire incidente un pugno che ti centra sullo zigomo destro scaraventandoti contro un muro di incredibile durezza.

Il pugno appartiene ad Alex.

Lo guardo da terra, dove mi sono accasciato.

Credo di avere lo sguardo sbalordito e incredulo perché la determinazione cattiva che leggo negli occhi di Alex si trasforma a poco a poco in una vaga incertezza e alla fine in un rigurgito di pietà. Tanto che lo stesso pugno che mi ha colpito, si distende in una mano che mi afferra e mi aiuta a rimettermi in piedi.

– Vieni – dice. – Andiamo a prendere un po' di ghiaccio.

E io lo seguo come se fossi il suo cane, felice, in un certo senso, che le ostilità tra noi siano temporaneamente sospese.

Entriamo in un bar lì vicino dove lui si muove con una certa dimestichezza.

Tutti lo conoscono e lo salutano battendo il cinque a pugno.

Io lo aspetto seduto a un tavolino e lui arriva poco dopo con un tovagliolo di stoffa in cui ha sistemato una decina di gelidi cubetti che, appena posati sulla mia mascella, iniziano a perdere un po' della loro compattezza.

Io cedo calore umano, loro cedono gelo frigorifero.

Alla fine il prodotto dello scambio sarà un bel tovagliolo fradicio.

– Mi dispiace – dico.

Alza le spalle.

– Ora siamo pari.

– Pari? Non direi. So quanto tieni a lei…

Alex mi guarda sospettoso e alza un sopracciglio.

– Non ti sto prendendo per il culo – dico. – Manuela mi ha raccontato quella cosa che hai fatto coi pesi…

Alex continua a fissarmi.

Annuisce e sembra sul punto di dire qualcosa.

Ci pensa ancora un po' e alla fine la dice.

– Che resti tra noi, ma in effetti quella cosa me l'ero preparata prima.

– In che senso?

– Ero riuscito a superare il mio record di sollevamento e ho pensato che sarebbe stato carino farglielo vedere direttamente, invece che dirglielo e basta. C'era più... effetto spettacolo, no? Non so a te, ma a me piace un casino quando mi osservano mentre faccio pesi. Se no che gusto c'è?

Per un attimo mi sono visualizzato mentre provavo ad alzare un bilanciere con pesi di 5 chili per parte con Manuela che mi osservava e mi incoraggiava.

Non mi sembrava quella gran figata.

Ho alzato le spalle come dire *può darsi*.

– Insomma Manu si è messa in testa che lo stessi facendo per lei – prosegue. – Ma non è così...

– Mi stai dicendo che non ti interessa poi così tanto? Che non la ami?– chiedo.

– Più o meno – dice. – Senti, ci saremmo lasciati comunque, le cose erano piatte da mesi.

– Cazzo! Ma allora perché mi hai colpito?

– Mi hai preso per il culo, no? Hai finto di essere interessato ai corsi e invece mi volevi solo fregare la ragazza.

Poi mi tende la mano, io porgo la mia, Alex me la stritola amichevolmente e ci salutiamo.

– Tanto perché tu lo sappia, non sono un gorilla ritardato – dice prima di andarsene. – Ho una laurea in Farmacia.

– Davvero? – chiedo.

– La gente ha dei pregiudizi – aggiunge. – Non è che tutti quelli forti e grossi che amano fare palestra siano dei mezzi idioti.

– Infatti – concordo. – Basta pensare alla Cosa, il personaggio dei Fantastici Quattro. È uno scienziato, no?

Alex scuote il capo e dice:

– Quello è un fumetto, non sono sicuro che conti.

– Conta, fidati.

Da Manuela arrivo in ritardo di una ventina di minuti, ma sono giustificato.

Ho un bel segno rosso sulla mascella, che domani sarà bluastro e tra una settimana giallognolo.

Appena mi vede fa la faccia di quella che sta per protestare perché ho fatto tardi, ma poi si accorge del tovagliolo che tengo sulla faccia e gli occhi le si riempiono di apprensione.

Mi piace quello sguardo.

– Cos'hai fatto? – chiede.

– Sono scivolato – dico.

E questa è la prima cosa che faccio per Alex.

Poi decido di farne due.

Di non dire nulla a Manuela della farsa in palestra.

Lo faccio perché in fondo lo capisco.

Noi uomini siamo così fragili.